기쁨의 정원

조병준 글·사진

기쁨의 정원

2016년 6월 30일 초판 1쇄 발행. 조병준이 글을 쓰고 사진을 찍었으며, 도서출판 샨티에서 이홍용과 박정은이 펴냅니다. 전혜진이 본문 및 표지 디자인을 하였으며, 사진 보정 작업은 송원일이 했고, 이지현이 마케팅을 합니다. 인쇄 및 제본은 상지사에서 하였습니다. 출판사 등록일 및 등록번호는 2003. 2. 6. 제10-2567호이고, 주소는 서울시 마포구 성미산로16길 18, 전화는 (02) 3143-6360, 팩스는 (02) 338-6360, 이메일은 shantibooks@naver.com입니다. 이 책의 ISBN은 978-89-91075-05-4 03800이고, 정가는 17,000원입니다.

이 도서의 국립중앙도서관 출판시도서목록(CIP)은 e-CIP홈페이지(http://www.nl.go.kr/ecip)와 국가자료공동목록시스템(http://www.nl.go.kr/kolisnet)에서 이용하실 수 있습니다.(CIP제어번호: CIP2016015050)

기쁨의 정원

조병준

【산티】

차례

2. 발길 닿는 곳마다 꽃세상

3. 그대를 위해 정원을 훔쳤다

프롤로그

그대의 정원으로 가는 멀고 굽이굽이 돌아가는 길

끝 간 데 없는 밀밭 사이로 달렸다. 어린 시절 밀밭을 본 적이 없기에 내 상상 속의 밀밭은 언제나 《어린 왕자》에 나오는 그 밀밭이었다. 어린 왕자의 금발을 기억나게 하는 황금색의 밀밭. 친절한 인생 덕에 밀밭을 여러 번 볼 수는 있었다. 하지만 내가 목격한 밀밭은 황금색하고는 거리가 있었다. 황금색으로 빛나는 밀밭을 보려면 인생이 더 친절했어야 한다. 밀이 익었으나 아직 시들지는 않은 시간, 저무는 태양광이 필름 또는 센서에 노란색을 더 많이 부각시키는 시간, 그 시간에 맞춰 밀밭을 찾아가는 행운 또는 노력, 좋은 카메라를 가질 수 있는 행운 또는 능력, 기타 등등 아주 많은 인생의 친절이 중첩되어야 황금빛 밀밭을 보고 사진으로 남길 수 있다.

그날도 그랬다. 사방에 펼쳐진 드넓은 밀밭 사이를 친구 프레디의 차로 달렸지만, 황금빛 밀밭을 보기엔 태양이 너무 강렬했다. 독일로 건너오기 전, 인도에서 카메라를 도둑맞은 탓에 똑딱이 카메라밖에 수중에 없었다. 불친절한 인생 같으니. 삑! 인생의 심판이 호루라기를 분다. 옐로우 카드! 인도, 네팔을 거쳐 독일까지 여행 올 수 있는 금수저 인생이 세상에 얼마나 된다고 불친절 타령이냐! 10년 동안 편지 한 장 주고받지 않았어도 어제 헤어진 친구처럼 반갑게 맞아주고, 극진히 대접하고, 하루 쉬는 날 친구를 위해 하루 종일 운짱 노릇하는 그런 친구를 가진 인생이 몇이나 된다고! 니가 아주 복에 겨웠구나. 한번 호의를 베풀면 그게 권리인 줄 안다더니 니가 딱 그 짝이구나. 에고, 잘못했어요. 다시는 안 그럴게요. 용서해 주세요.

10년 만에 프레디를 만나 그동안 서로 살아온 이야기, 가까운 미래의 계획에 대해서 수다를 떨었다. 10년 동안 쌓인 이야기였으니 오죽 많았을까?

"다음 책은 어떤 책이야?" 프레디가 물었을 때, 쉽게 대답할 수 있었다. 기쁨의 정원. Garden of Joy. 벌써 몇 해째 내 머릿속을 채우고 있던 프로젝트였으니까. "어떤 내용을 쓸 건데?" 내 인생에서 만난 꽃들, 풀들, 나무들, 그리고 사람들 얘기. 힘들었던 시절, 서러웠던 시절, 분노했던 시절, 이제 대충 지나간 거 같아. 내가 너한테 선물했던 책 기억하지? 캘커타 친구들의 이야기. 다시 그때처럼 기뻐하고 웃는 준으로 되돌아갈 때가 된 거 같아. 실은 그 사이에 슬픔과 분노에 관한 책을 한 권씩 썼어. 둘 다 별로 안 팔렸지만. 하하하. 이제 조금 여유가 생긴 거 같아. 실컷 슬퍼하고 실컷 분노했으니 이제는 기쁨을 노래할 때도 됐지? 호호호.

그로부터 프레디와 나의 일정은 거의 대부분 꽃구경으로 채워졌다. 길을 달리다 꽃이 보이면 프레디가 먼저 알아서 차를 세웠다. 내 똑딱이 카메라, 고생 많이 했다. 카메라를 도둑맞지 않았더라면 좀 더 좋은 꽃 사진들이, 밀밭 사진들이 남았을 테지만, 고생한 프레디를 봐서도 또 제 소임

을 다한 똑딱이 카메라를 봐서도 불평하면 안 된다. 명색이 '기쁨의 정원' 프로젝트 아니던가.

한여름의 해바라기 밭. 프레디가 당연히 차를 세웠다. 이리저리 앵글을 잡다가 뭔가 이상하다는 느낌에 카메라를 내렸다. "어라, 프레디, 이 해바라기들은 왜 해를 등지고 서 있지? 해바라기는 원래 해를 향해서 고개 돌리는 꽃 아냐?"

프레디도 고개를 갸웃거렸다. "그러게. 정말 그러네. 우린 왜 해바라기가 언제나 해를 따라 고개 돌린다고 알고 있었을까?"

해가 너무 뜨거울 땐 해바라기조차 해를 외면한다는 사실을 그날 처음 알았다. 아, 어리석었구나, 사랑이 너무 지독해지면 그땐 사람도 고개 돌려야 하는 법인데, 그것도 모르고 끝까지 사랑을 향해 뻣뻣이 고개 쳐들고 살았구나. 그러니 사랑에 데고 말지. 3도 화상 입은 마음으로 세상을 보니 활활 분노의 불이 타오를 수밖에. 입에서 나오느니 비명일 수밖에……

50년 그래도 열심히 살았으니 스스로에게 그 정도 선물은 해도 된다고 떠난 여행길이었다. 아버지의 첫 제사까지 모셔드리고 동생들에게 선언했다. 이제 다시 편도표로 하는 여행, 시작하겠노라고. 언제 돌아올지 나도 알지 못하니 기다리지 말고, 걱정도 하지 말고 잘살고 있으라고. 삼십대 시절처럼 다시 훨훨 자유롭게 떠돌 거라고. 그렇게 떠돌다 보면 또 기쁨의 이야기들이 하나씩 쌓일 것이고, 이제 충분히 쌓였다 싶으면 그때 돌아오겠노라고. 세상의 모든 꽃, 세상의 모든 나무는 못 담겠지만, 담을 수 있는 만큼 담아오겠노라고.

여전히 욕심이 많았다. 더 이상 삼십대 시절의 체력이 아닌 걸 인정해야 했는데도 만 나이 쉰이 되는 사내가 1년 가까이를 무거운 배낭 짊어지고 떠돌았다. 아주 잘났어, 증말! 해바라기도 해가 너무 뜨거울 땐 고개를 돌리는데……

어쩌면 그해의 긴 여행도 한몫을 했던 건지도 모른다. 돌아와서 얼마 있다가 꽈당 쓰러졌다. 기쁨의 정원에서 건져온 수많은 사진들을 제대로 보지도 못하고 긴 시간을 칩잠해야 했다. 끝내주는 책을 쓰겠노라고 계약서까지 썼지만, 뭐 한 줄도 쓰지 못했다. 오른손이 말을 안 듣는데 글은 무슨 얼어 죽을 글. 서러운 시절, 분노의 계절이 다 지나갔다고 좋아했더니 병들어 아픈 시절이 오는구나, 빌어먹게 불친절한 인생아. 삑! 두 번째 옐로우 카드! 한 번 더 불평 나오면 레드 카드다! 아, 네, 그냥 뭐 그렇다구요.

기쁨의 정원을 찾아 헤매다 보니, 하루가 저물었다. 꽃구경 실컷 했으니 이제 집에 가자. 집에 가서 샤워 시원하게 하고 맛난 저녁 먹자. 그렇게 똑딱이 카메라 스위치를 끄는데, 시골 마을들을 잇는 들판 사이 한적한 도로를 달리던 프레디가 다시 차를 세웠다. 온갖 들꽃들과 잡초들이 만화방창 만발한 묵은 밭이다. 벌써 수확이 끝났을 리는 없으니, 지난해에 피었다가 수확하지 못하고 남겨진 것이 틀림없는, 늙은, 아니 죽은 해바라기들이 무거운 고개 숙이고 군데군데 서 있다. 프레디가 입을 열었다.

"준, 네 《기쁨의 정원》을 위해 이 해바라기 밭을 보여주고 싶었어. 네 책에 이 사진이 들어가야 할 것 같았어. 어떻게 생각해? 꼭 우리 인생을 닮았다는 생각이 들지 않아?"

잠시 내 귀를 믿기 어려웠다. 프레디가 일부러 내게 시들어 죽은 지난해의 해바라기를 보여주려고 이리 멀리 차를 몰아왔다고? 가만, 프레디가 올해 몇 살이지? 이 녀석 처음 만났을 때 내 나이 마흔이었고, 이 녀석은 여드름도 다 못 지운 새파란 이십대 청춘이었잖아. 그럼 많이 먹어봤자 지금 서른 중반이란 얘긴데? 아무리 열 살 어린 나이에 엄마가 돌아가시고, 그때부터 홀로 된 아버지와 함께 살아왔다곤 해도 죽음이 '기쁨의 정원'에 꼭 필요하지 않냐는 얘기를 어떻게 할 수 있는 거냐고!

그날, 그 뜨겁던 여름날, 독일 바이에른 주의 프라파흐, 그 작은 동네에

서《기쁨의 정원》은 첫 장이 완성되었다. 그래, 이거다! 이렇게 풀면 되겠다. 인생이라는 이름의 정원에 어떻게 활짝 핀 꽃들만, 봉오리 맺은 꽃들만 자리할 수 있겠어. 한 꽃이 시들어야 다음 꽃이 피는 법인 걸. 열심히 꽃 피우고 씨앗 맺었어도 끝내 수확되지 못하고 한 해를 넘겨 그 자리에 남겨지는 해바라기도 있는 법인 걸. 그래도, 저 고개 숙인, 이미 한 생애 다한 해바라기들도 저렇게 아름다운 걸.

참 오래 걸렸다. 처음 '기쁨의 정원'이라는 아이디어가 떠올랐던 때로부터 치면 8년이다. 프레디의 해바라기 밭으로부터 쳐도 6년. 불친절. 삑! 야, 조병준 선수, 정말 레드 카드 받고 싶어? 아뇨, 아뇨, 그럴 리가요! 친절한 인생이었다고 말하려고 했어요. 불친절한 인생이 입에 붙었나 봐요. 아흐, 이놈의 습관이 무서워요.

그래, 친절한 인생이었다고 말하자. 5년 만에 겨우 몸 추슬러 맘 잡고 글 쓰겠다고 책상머리에 앉으니 찾아오는 독감, 독감 물러나는가 싶으니 찾아온 극심한 비염과 두통, 그 와중에 망가지는 냉장고, 막히는 변기, 기타 등등 인생의 온갖 딴지걸이들, 내가 받은 그 숱한 선물들에 비하면 아무것도 아니다.

그 많았던 아픔들, 슬픔들, 분노들, 여전히 돌이키면 힘든 거 사실이다. 내게 닥쳐왔던 병, 어쩌면 작은 죽음이라고 불러도 좋을 그 병이 여전히 나를 주눅 들게 만드는 것도 사실이다. 옛날처럼 밤새워 원고 쓰고 싶어도 또 쓰러질까봐 억지로 컴퓨터 끄고 이불 덮고 누워야 했다. 그래도 내 인생, 꽤 친절한 인생이었다고 말할 수 있다. 셀 수도 없이 많은 기쁨의 정원들을 보았고, 콘크리트 옥상일망정 내 몫의 기쁨의 정원도 만들어보았다. 그 기쁨들을 재료로 이렇게 책도 한 권 쓸 수 있었다. 뭘 더 바라! 더 바라면 욕심이다. 몸과 마음을 다 병들게 하는 욕심.

알고 있다. 이 책이 세상에 나오고 나서도 나는 여전히 궁시렁궁시렁 불평하고, 기회만 생겼다 싶으면 앗싸, 비극의 남주인공 코스프레 펼칠 인간이라는 것을. 인생이 다 그렇지 뭐. 그래도 지금 이 시간만큼은 기쁘다. 이렇게 살아있어서. 고맙다. 그 힘들었던 시간들에 꽃들이, 풀들이, 나무들이, 그리고 사람들이 나를 위로하고 지탱해 줘서. 이제 다시 옐로우 카드 받으러 뛰어야지. 레드 카드만 안 받게 요령껏 분노하고 요령껏 슬퍼해야지. 그러곤 언제 그랬냐는 듯 시치미 뚝 떼면서 기쁨을 노래해야지. 인생이 원래 그런 거 아니겠어?

이제 또 어딘가에서 피고 지고 있을 꽃들, 풀들, 나무들을 만나러 길 떠날 시간이다. 비틀즈의 노래 〈The long and winding road to your door〉를 훔쳐 바꿔 불러본다. 그대의 정원으로 가는 멀고 굽이굽이 돌아가는 길. 내 기쁨의 정원으로 돌아가는 추억 여행에 당신이 함께 걸어준다면 참 좋겠다.

1

하늘 아래 첫 정원

내 옥상 정원이 제일 잘 나가!

마트에서 단호박을 샀다. 단호박을 반으로 잘라 씨를 긁어냈다. 긁어낸 씨앗들은 음식물 쓰레기 봉지에 들어갔다. 냄비에 물을 붓고 찜틀을 넣고 단호박을 올렸다. 물이 끓고 단호박이 익었다. 단호박을 맛있게 먹었다. 자, 여기까진 아주 여러 번에 걸쳐 반복되었던 일상이다. 하나도 특별할 것 없는, 조금 속된 말로 '만날 그 냄비에 그 호박'인 일상적 행위였다.

그런데 그날, 천둥번개가 친 것도 아니고, 상서로운 빛줄기가 구름을 뚫고 내려온 것도 아니었던, '그날이 그날 같던' 그날, 무엇인가가 내 머릿속에서 반기를 들었다. 어쩌다가 그런 생각이 머리를 스쳤는지, 누가 알랴. 단호박 씨앗들이 나를 불렀다. 그리고 내게 속삭였다. 저기요, 잠깐만요, 혹시 말이죠, 저희를 옥상 텃밭에 뿌려보실 생각은 없으신가요? 누가 아나요? 저희 중에 하나라도 싹을 틔우게 될지. 그 아이가 자라서 단호박이 주렁주렁 열리는 기적 같은 일이 벌어질 수도 있잖아요. 세상일을 누가 알겠어요? 싹을 못 틔우고 다 썩는다 해도 비료는 되지 않겠어요? 밑져야

본전이잖아요. 한번 해보세요……

그렇게 해서, 그날 단호박 씨앗들은 음식물 쓰레기가 되는 대신 옥상 텃밭에 뿌려졌다. 그날이 언제였더라. 기억하지 못할 만큼 사소한 일이었다. 기대 같은 것 없었다. 그 사이에 비가 내렸는지, 햇빛이 충분했는지, 밤중에 기온은 너무 내려가지 않았는지 아무것도 모른다. 까맣게 잊고 있었다. 그랬으니 어느 날 아침, 옥상 텃밭에 물 주러 올라갔다가 호스에서 떨어지는 물줄기를 좇던 내 눈길이 텃밭 한 모퉁이에 이르렀을 때 그야말로 '깜놀'하고 말았다.

'씨앗에서 떡잎으로' 이름과 형태를 다 바꾼 그 녀석들을 발견했을 때, 내가 얼마나 놀랐을지, 당신은 짐작할 수 있을까? 신세계를 발견한 콜럼버스도 나만큼 놀라지는 않았을 것이다. 오죽하면 인터넷 얼굴책에 그 이야기와 사진을 올리면서 녀석들을 '트랜스포머'라고 불렀겠는가! 단호박 씨앗들은 떡잎을 쑥쑥 밀어 올리며 옥상 텃밭 한 모퉁이를 제 영토로 선언하고 있었다.

닷새쯤 지난 뒤, 튼실한 몇 놈을 옥상 텃밭 귀퉁이 적당한 자리, 그러니까 원래 심어진 다른 식물들과 덜 싸울 법한 자리에 옮겨 심었다. 그렇게 옮겨 심으면서도 나는 사실 녀석들을 완전히 믿지는 않았다. 녀석들이 정말 튼실한 호박잎을 키워내고, 예쁜 호박꽃도 피워내고, 끝내는 단단한 단호박도 키워낼지 확신이 없었다. 왜? 상추와 방울토마토, 오이까진 키워봤지만 한 번도 단호박을 키워본 적은 없었으니까. 나의 옥상은 사실 텃밭이라기엔 너무 부실했고, 정원이라기엔 너무 가난했으니까.

아무래도 좋았다. 나는 녀석들이 떡잎을 올린 것만으로도 이미 충분히 칭찬받을 자격이 있다고, 심지어 존경받을 자격이 있다고 생각했다. 그래서 사람들에게 이야기했다. 녀석들은 이미 '대박'이라고. 이제 겨우 떡잎을 피웠지만, 흥부의 박보다 더 위대한 대박이라고. 설령 녀석들이 단호박을 맺지 못해도 괜찮다는 주문이었다. 호박 같은 거 바라지 않아, 그냥 호박잎만 키워도 좋아, 어쩌다 호박꽃 몇 송이 보여주면 더 좋고…… 어린 단호박 떡잎들에게 내가 건 주문이었다. 그 뒤에 무슨 일이 벌어졌는지, 당신은 아마 짐작하기 시작했을 것이다. 행진! 나의 과거는 힘이 들었지만, 어둡고 외로웠지만, 행진! 행진! 하는 거야!

단호박들은 씩씩하게 잎을 키우고 덩굴손을 뻗어나갔다. 정말 아침과 저녁의 모습이 확연히 다를 만큼 무섭게 자랐다. 노란 호박꽃들이 배시시 피어났고, 서울 시내 한복판 비탈진 언덕 동네의 붉은 벽돌 다세대 주택의 옥상에 호박꽃이 피었다는 걸 도대체 어떻게 알았는지, 도대체 어디에 둥지가 있어서 날아오고 날아가는지 알 수 없는 벌들과 연애질을 벌

이기 시작했다.

호박꽃 핀 자리 모두에 호박이 영글지는 못한다는, 가슴 아픈 진실을 처음 배웠다. 벽돌담으로 칸막이 치고 간신히 흙 채워 넣은, 가뜩이나 옹색한 옥상 정원의 퇴비도 제대로 먹지 못한 가난한 흙에서야 더 말할 필요도 없었다. 단호박은 스스로 알아서 자신에게 허용된 자원, 그러니까 물과 햇빛과 흙 속 영양분을 몇 개의 단호박에게 집중시켜 보냈다. 녀석들 때문에 옥상으로 올라가는 내 발길은 몹시 잦아졌다. 가끔은 그저 넋 놓고 한참 동안 녀석들을 지켜보기도 했다. 그렇게 보고 있노라면 덩굴손이 뻗어나가는 모습이 눈에 보이는 듯도 했다. 지켜보노라면 녀석들이 한없이 대견했고, 또 문득문득 가슴 한켠이 찌르듯이 짠해지기도 했다.

단호박 덩굴들이 옥상을 덮어가기 시작했고, 덩굴손 몇 놈은 옥상 담벼락을 넘기 시작했다. 엄마, 아버지가 부르던 진도아리랑 노랫말이 나도 모르게 입 밖으로 흘러나왔다. 오늘 갈지 내일 갈지 모르는 세상, 내가 싱긴 호박 박모 담장을 넘네, 아리아리랑 스리스리랑, 아라리가 났네……

잡설이 길었다. 호박씨를 뿌렸는데 호박이 열렸다, 이렇게 한 줄로 충분히 다 할 수 있는 얘기를 이렇게 주절주절 늘어놓은 이유는? 그렇게 잡설도 끼어들고 객쩍은 농지거리도 끼어들어야 이야기가 재미있어지기 때문이다. 서울 한복판, '쎄멘 공구리'로 지은 다세대 주택의 옥상에다 우리 엄마가 악착같이 텃밭을 꾸며놓으신 이유도 별로 다르지 않았으리라. 엄마가 떠난 이제 와서야 나는 깨닫는다. 흙이 있는 땅뙈기 한 뼘 가질 수 없는, 서울이라는 살벌한 삶의 터에서 옥상 텃밭은 엄마가 몸으로 부른 아리랑이었다.

엄마가 키워서 유기농이라며 자랑스레 밥상에 올려놓으시던 그 상추와 고추를 기억한다. 그 상추와 고추를 기르기 위해 엄마가 바친 노동을 기억한다. 그건 거의 터무니없는 농담 수준의 '비효율적이고 비생산적인' 노동이었다. 마트에 가서 천 원짜리 몇 장이면 살 수 있는 그 상추와 고추를 위해 엄마는 3층집의 옥상까지 흙을 머리에 이고 나르셨다. 깻묵과 한약 찌꺼기를 이고 날랐고, 관절염으로 절뚝거리면서 매일 아침저녁 물 주기를 계속하셨다. 농약 치지 않겠다고 손으로 진딧물과 달팽이를 잡으셨다.

물론 엄마의 옥상 텃밭에 먹을거리 채소만 초대받았던 건 아니다. 초여름이 되면 빨간 나리꽃도 피었고, 여름이 깊어지면 연보랏빛 비비추도 꽃대를 올렸다. 그리고 엄마의 텃밭에선 쑥갓도 꽃을 피웠다. 쑥갓꽃을 본 적이 있는가? 쑥갓꽃의 아름다움을 모르는 당신, 아직 갈 길이 멀다!

엄마가 아직 옥상 텃밭의 주인이었을 때, 나는 몰랐다. 그것이 엄마가 당신 나름의 방식으로 당신 삶의 존엄성을 지켜나간 일종의 투쟁이었다는 사실을 말이다. 나무 한 그루는커녕 상추 모종 하나 심을 땅도 없는 삶, 그것이 엄마의 삶이었다. 서울 달동네 언덕 중턱의 집에 시멘트로 덮이지 않은 맨땅, 흙이 드러난 맨땅은 사치의 극한이었다. 엄마에겐 끝내 허용되지 않았던 샤넬, 에르메스 급의 사치였다. 나이 칠십이 가까워 엄마는 마침내 하루 종일 햇볕 잘 드는 옥상을 당신 몫의 재산으로 갖게 되셨다. 철마다 해마다 그곳엔 내가 이름도 제대로 알지 못하는 온갖 푸성귀와 화초가 피고 지고 열매 맺고 시들었다.

벽돌을 쌓아 만든 텃밭말고도, 옥상에는 청색과 갈색을 주조로 하는 플라스틱 화분을 비롯해 생선을 담았거나 야채를 담았던 스티로폼 상자들까지 흙을 담을 수 있는 것이라면 무엇이든 한 자리를 차지했다. 혼돈에서 질서가 스스로 생겨난다는 혼돈 이론을 들어보셨는지? 창발, 자기조직, 프랙탈 어쩌고저쩌고는 접어두자. 그냥 엄마의 옥상은 혼돈 이론이 증명되는 현장이었다. 이제는 말할 수 있다. 엄마의 옥상 텃밭은 그 어떤 만다라보다 아름다웠노라고. 엄마의 옥상 텃밭은 한바탕 육자배기 소리였고 강강술래 춤사위였다. 문제는 그런 사실을 너무 늦게 내가 깨우쳤다는 것이다.

엄마의 옥상 텃밭이 할 일 없는 도시 노인네의 소일거리가 아니라, 한 인간으로서의 자기 선언에 해당하는 행위였다는 것을, 나는 엄마가 옥상 텃밭을 떠난 후에야 깨달았다. 아무도 돌보지 않아 초토화된 옥상 텃밭을 보았을 때에야 비로소 말이다. 부끄럽게도 그렇게 아름다웠던 엄마의 텃밭을 나는 한 번도 사진으로 남길 생각을 하지 못했다. 세상 떠돌아다니며 남의 정원들에선 죽자고 카메라 셔터를 눌러댔으면서 말이다.

엄마 아버지가 떠난 집에 장남의 특권으로 들어앉았다. 힘들지 않았냐고? 질문이라고 하는가? 힘들었다. 모든 부재는 힘든 법이다. 그 텅 빈 공허를 채울 모종의 방법이 필요했다. 엄마가 가르쳐주신 노래를 부르듯이 엄마의 텃밭을 다시 일구기로 했다. 그건 내가 찾아낸 치유의 방책이기도 했고, 또 한편으론 속죄의 방편이기도 했다. 한 번도 합당한 관심과 감탄을 보내드리지 못했던 엄마의 옥상 텃밭에 바치는 오마주이기도 했다.

완전 초보 엉터리 아마추어 농부 또는 정원사의 서툰 손에서 참 많기도 많은 생명이 제 몫의 천수를 누리지 못하고 일찍 시들어야 했다. 어느 생에서든 그 죗값을 갚아야 할 것이다. 생명을 집안에 불러들였으면 끝까지 책임을 져야 하거늘, 정말로 무책임하게 남의 나라 정원들 구경 간다며 다른 사람에게 떠넘기고 유람 떠난 일도 꽤나 여러 번이었다.

우왕좌왕, 갈팡질팡, 왔다리 갔다리, 아무리 배움의 길은 본래 시행착오의 연속이라지만, 내 옥상 정원에선 참 많은 비극이 벌어졌다. 그렇긴 해도 초록이들은 역시 강인했다. 얼치기 주인 밑에서도 악착같이 씨앗을 틔우고, 주인의 게으름 또는 건망증에서 비롯된 가뭄과 홍수도 이겨내고, 꽃도 피우고 열매도 맺고, 그리고 몇몇 여러해살이들은 봄이 되면 기적처럼 다시 새 잎을 키워내곤 했다.

엄마의 텃밭 시절부터 터 잡고 살아온 지렁이들은 이제 슬쩍 모종삽만 갖다 대도 눈에 띌 만큼 그 숫자가 불어났다. 꽃이 피면 어김없이 벌과 나비가 날아든다. 물론 달갑지 않은 터줏대감도 있다. 달팽이! 이파리도 모자라 딸기가 빨갛게 익을 만하면 어김없이 삭삭 갉아먹고 마는 지독한 놈들이다. 어느 해에는 진딧물이 기승을 부리기도 하고, 그러면 또 어디선가 무당벌레 군단이 날아와 내게 동맹군이 되어주기도 한다. 손바닥만 한 옥상 정원이라고 무시하지 말라! 그래도 나름대로 잘 굴러가는 생태계라고 자부할 수 있다!

전세계적으로 꿀벌이 이유도 분명히 밝혀지지 않은 채 몰살당하고 있다는 뉴스를 아마 들어보았을 것이다. 꿀벌이 사라지면 인간의 삶도 보장받기 어려워진다. 영국에서도 상황은 비슷했다. 이 위기 상황에 구원투수로 나선 이들이 있으니! 바로 런던의 도시 농부들이었다. 도심 곳곳의 자투리 정원에, 또 테라스와 베란다에, 그리고 옥상에 더 많은 꽃을 심고,

벌집을 지어놓아 벌들의 피난처를 만든 것이다. 일석이조, 아니 이 사자성어는 너무 폭력적이니 바꾸기로 하자. 꽃 한 송이 심어 벌도 살리고 도시도 아름다워지고!

런던의 도시 농부들보다 적어도 10년쯤 전에 우리 어머니들은 이 도시 저 도시의 골목길에서, 온갖 형태의 건물들 옥상에서 이미 도시 생태계 복원을 진행하고 계셨다. 믿기 어렵다고? 쉬는 날, 하루만 투자해서 조금 못사는, 골목길이 아직 좁은 동네를 다녀보면 알게 된다. 가파른 언덕에 자리 잡은 이른바 달동네의 언덕 꼭대기에 올라가 따개비처럼 다닥다닥 붙은 집들의 옥상을 내려다보면 확인할 수 있다. 나이 많이 잡수신 우리의 엄마들이 이미 도시 생태계를 위해 싸우고 계시다는 사실을 말이다.

당신이 할 일은 그 엄마들에게 너무 늦지 않게 존경과 감사를 보내는 일이다. 사실 엄마들이 그렇게 고되고, 대가도 박한 노동을 쉬지 않는 단 하나의 이유는 당신의 입에 유기농 채소 한 줌을 넣어주기 위해서가 아닌가? 그리고 만약에 당신이 그걸로는 부족하다고 느낀다면, 당신도 뭔가 조금이라도 이 삭막한 도시에 초록의 숨결을 보태고 싶다면, 가까운 화초 시장에 나가볼 일이다. 옥상이든 베란다든, 아니면 하다못해 창틀이라도, 어디든 햇볕이 드는 자리라면, 플라스틱이든 토분이든 도자기 화분이든 흙 채우고 씨앗도 뿌려보고 모종도 심어볼 일이다.

엄마가 떠난 지 어느 새 10년이 훌쩍 넘어 흘렀다. 게으르고 무책임한 아들이 어찌어찌 겨우겨우 건사하는 옥상 정원에서 엄마가 심은 부추며 비비추, 나리꽃은 한 해도 거르지 않고 다시 피어난다. 가을이면 시들었다가 겨울을 버티고 봄이면 어김없이 다시 돋아난다. 그 엄마꽃들을 보

고 배운 모양이다. 이제 내가 심은 녀석들 중에도 여러 녀석들이 그렇게 해마다 되살아난다. 내가 심고 내가 물 주며 키우는 녀석들인데도 나는 그 녀석들이 경이롭다. 신비스럽다.

생명의 정원, 태초의 에덴동산과 달동네, 나의 옥상 정원이 사실은 다르지 않음을 나는 이제 안다. 해와 바람과 황사와 비와 수돗물과 지렁이와 벌과 비둘기와 진딧물과 무당벌레와 기타 등등 그 모든 것들이 함께 어우러져 추는 현란한 춤판, 아득한 만다라가 거기에 있다. 그 춤판에, 그 만다라 안에, 내가 있다.

내 엄마가 키우셨던 온갖 푸성귀들을 닮았고, 온갖 꽃들을 닮아 싱싱하기도 하고 이쁘기도 한 내가. 감히 농부라 하기도, 감히 정원사라 하기도 부끄럽지만, 어쨌든 초록이들을 기르는 내가. 초록이들과 함께 서울의 한 모퉁이를 조금은 살아있게 만드는 내가. 아, 나의 옥상 정원은 얼마나 아름다운지! 내 옥상 정원의 정원사는 또 얼마나 아름다운지!

나의 아름다운 옥상 정원에 놀러 오시라!

신선초의 시계는
저 알아서 간다

가을에 떨어진 그 무수한 씨앗들 중에 한 녀석이 잽싸게 먼저 솟아올랐다. 신선초 모종 사다가 심은 것이 두 해 전이었던가, 세 해 전이었던가? 녀석들은 이제 심지 않아도 스스로 알아서 큰다. 누가 알까? 올 봄에는 새 신선초가 몇 대나 올라올지를. 까치와 비둘기와 참새, 그리고 내가 이름 알지 못하는 새들이 쪼아 먹고 남은 씨앗들이 몇 개나 될지를. 게으른 내가 몇 번이나 신선초를 샐러드에 넣어 먹겠다고 옥상에 오르내리게 될지를.

성질 급한 녀석이 꼭 하나씩은 있다. 인간 세상이나 식물 세상이나 똑같다. 재빠른 녀석들, 또는 부지런한 녀석들. 식물 세계에서 부지런함은 물론 단순한 미덕 정도가 아니라 생존을 가르는 필수 자질이다. 남보다 먼저 싹을 틔우면 햇빛을 더 많이 받을 수 있고 양분도 더 많이 빨아들일 수 있다. 남들 다 잎 키운 다음에 올라온 녀석들에게는 아예 제대로 자랄 기회 자체가 없을 수도 있다. 왜 똑같은 어미 식물에서 떨어진 씨앗들인데 어떤 놈은 먼저 올라오고 어떤 놈은 늦을까? 씨앗의 유전자에 새겨진 시계는 왜 저마다 다른가? 풀 수 없는 수수께끼다.

부지런한 사람들, 일찍 일어나고 일찍 성공한 사람들이 부러웠다. 누구라도 그러하듯이, 한때는 나도 동네의 신동 소리 들었던 적이 있었다. 아주 부잣집 아이들만 유치원에 다녔던 시절, 다섯 살에 한글을 깨쳤다고 온 동네 아줌마들이 서울대에 갈 놈이라고 칭송하기도 했다. 하하. 옆집에 살며 조카에게 한글을 가르쳐주신 고모부 덕에 나의 초등학교 시절은 영광의 시절이었다. 거기까지!

부지런은 내 유전자에 담겨 있지 않았다. 나이 들어 조금 바뀌긴 했어도, 내 생체 시계는 전형적인 올빼미 형이었다. 엎친 데 덮쳐 선천성

ADHD 증상이 있었던 건지 어쩐지, 나는 매우 심하게 해찰부리는 아이였다. 해찰부리다. 집중하지 않고 쓸데없는 딴 짓을 한다는 순우리말이다. 전라도에선 게으름 피운다는 뜻으로 쓰기도 한다. 왜 그리 온갖 것에 호기심이 이는지, 호기심이 많은 건 좋은데 왜 한 번에 한 가지씩 파고들지는 못하는 것인지? 에혀. 해찰부리기 유전자에 더해 게으름까지 타고났으니 말해 뭐해! 앞날이 창창한 거지 뭐.

친구들이 토플과 일반 상식 책을 경전처럼 모셔들고 스터디 그룹까지 만들어 취업 시험을 준비할 때, 나는 도서관에서 빌린 소설책으로 대학 졸업반 시절을 보냈다. 당연히 취직 시험에서 우수수 떨어졌다. 세상이 그리 만만한가. 시인이 되기를 꿈꾸었으면서도 다른 문학청년 친구들처럼 죽어라 시만 쓰지도 않았다. 음악에 영화에 미술에 소설에 생물학에 천문학에, 기타 뭐에 뭐에 죽어라 딴전을 피웠다. 내가 대학 시절에 읽은 책에는 심지어 스피커 제작에 관한 입문서도 있었다. 만들지도 못할 거면서 그런 책은 왜 사서 읽었는지 지금 생각해도 도무지 풀 수 없는 불가사의다.

서른두 살이 될 때까지 해마다 신춘문예에 낙방하며 살았다. 스물다섯 언저리에 등단한 친구들 덕에 내가 겪어야 했던 좌절감, 짐작할 수 있으리라. 어찌어찌 그래도 끝내 포기하지 않고 시를 쓴 덕에 시인 타이틀을 얻었을 때 후배가 했던 말이 지금도 기억난다. "형, 그 나이에도 아직 그런 열정이 남아 있었수?" 야, 임마! 내 나이가 어때서! 나이 서른일곱이 되어서야 첫 책이 나오고, 첫 시집은 나이 마흔일곱에 나오고, 아이고야! 내 인생은 왜 이리 늦된 것이냐!

늦되는 아이도 있는 법인데, 남들이 다 싹터서 쑥쑥 자란 뒤에야 겨우 싹 트는 생체 시계를 타고난 식물도 있는 법인데, 세상은 일찍부터 두각을 나타내는 아이들, 식물들에 환호한다. 100세 시대가 왔다는데도 오히려 더한다. 열 몇 살, 십대 아이돌 그룹이 득세하는 가요계를 보면 된다. 하긴 나라고 뭐 다르지 않다. 아직 잡초들도 머뭇거리는 때에 먼저 돋아난 신선초 새 싹을 보며 환호하고 사진까지 따로 찍어주며 대견해하고 있지 않은가.

친구들보다 늦게 등단하고 친구들보다 늦게 책이 나온 것, 물론 그 시절엔 속상했다. 세상 원망에, 부지런히 한 우물 파지 않는 나 자신에 대한 원망도 했다. 나이 먹어 좋은 것 중 하나는 지나간 시절에 대해 너그러워질 수 있다는 것이다. 때늦은 후회는 안 할 수 있으면 안 하는 게 몸 건강에도 마음 건강에도 좋다는 것도 배웠다. 해찰부리며 세상 온갖 잡사에 기웃거린 탓에 내 삶이, 내 글이 조금은 더 풍성해졌다고 이제는 자신 있게 이야기할 수 있다.

40대 중반에 어쩌다 발레 클래스에 들어가 3년 동안 일주일에 평균 열 시간을 보낸 탓에 무용 공연을 보면 더 즐거워졌고, 심지어 춤꾼으로 무대에 서는 기쁨이 어떤 것인지도 배웠다. 다른 작가들이 열심히 책 쓰는 동안 나는 세상 이 구석 저 구석 떠돌면서 놀고 먹고 마시며 베짱이 팔자로 살았지만, 그 덕에 사진전도 몇 번 열었다. 예를 들자면 꽤 더 있지만, 자랑질이 될 테니 이쯤 하련다. 이미 자랑질 많이 했다고? 아, 미안 미안!

그래서, 자랑질해 가며 하고 싶은 얘기가 뭐냐고? 별거 아니다. 그저 세상 모든 생명에 저마다 다른 시계가 있다는 얘기, 그 저마다 다른 시계를 인정해 주자는 얘기다. 서른 살이 될 때까지 등단 못했으니 시인 꿈 접으라는 말은 하지 말자는 얘기다. 해찰부리기 유전자를 타고난 아이들에게 성급히 ADHD 낙인찍어 약 먹이지 말자는 얘기다. 늦게 싹 틔우는 씨앗들에게도 햇빛 받을 수 있도록 사람 사는 텃밭, 좀 여유롭게 꾸려가자는 얘기다. 자연의 숲과 들에서야 속도 경쟁은 어쩔 수 없는 법칙이겠지만, 사람 사는 세상은 조금 다르게 굴러갈 수 있지 않겠냐는, 늦되는 자들에게 조금 더 친절해지자는, 그런 얘기다. 부지런히 일찍 돋아난 신선초 새싹에 대해서는 물론 장하다고 박수쳐 주면서 말이다.

노랑제비꽃,
첫사랑의 꽃

어느 날 페이스북에 하얀 제비꽃 사진을 올렸더니, 친구가 뜬금없이 나더러 북한산에 가서 노랑제비꽃을 찾아 사진 찍어 올려달라고 보챘다. 북한산에서 노랑제비꽃 사진 찍은 거 있고 그보다 더 흐드러지게 만발한 고대산 노랑제비꽃 사진도 있는데, 죄다 슬라이드 필름으로만 있다고, 짬 내서 찾아 올리겠다고 약속했다. 물론 짬 낼 시간은 많았다. 다만 슬라이드 필름을 뒤져 찾아낼 엄두가 안 났다.

친구의 부탁, 깜박 잊어먹고 있었는데 다른 사진 찾으려고 하드 디스크를 뒤지던 중, 여러 해 전 덕유산에서 찍은 노랑제비꽃이 뿅! 하고 튀어나왔다. 어, 너 있었구나! 그렇게 꼭꼭 숨어 있으니 널 거기서 본 것도 잊어버렸잖아! 사진을 보니 잊고 있던 기억이 촤르륵 펼쳐진다. 그 봄날, 덕유산에 함께 올랐던 동행들이 노랑제비꽃 앞에서 얼마나 호들갑을 떨었는지!

영어 'violet'은 제비꽃을 뜻하기도 하고, 보라색을 뜻하기도 한다. 북한

산에서 노랑제비꽃을 처음 봤을 때의 경이로움을 기억한다. 지금은 없어졌다지만 '살색' 크레파스라는 단어가 얼마나 편협하고 인종차별적인 단어인지를 새삼 확인하는 순간이기도 했다. 하얀 제비꽃, 노란 제비꽃이 좀 더 흔했다면, 서양인들이 제비꽃과 보라색을 한 단어로 만들지는 않았을 것이다. 우리 한국인도 보라색 제비꽃은 보라제비꽃이라고 따로 부르지, 통 쳐서 그냥 제비꽃이라고 부르지 않았을 것이다. '쪽수가 깡패'라는 인간 세상의 언어 폭력은 서글프다. 하지만 동시에 하얀 제비꽃과 노란 제비꽃이 그렇게 귀하기 때문에 어쩌다 마주친 사람들을 그토록 황홀하게 매혹시키는 것일 테니, '귀한 것도 역시 깡패'다.

페이스북에 노랑제비꽃을 올렸더니 친구가 득달같이 달려와 노랑제비꽃 뭉터기로 핀 것처럼 댓글을 주르르 단다. 고삐리 시절에 펜팔 하던 여친에게 노랑제비꽃을 압화로 만들어 보냈다는 둥, 오글거리던 첫사랑의 추억이 담긴 꽃이라는 둥 아주 주책 수준으로 난리다. 그랬구나. 첫사랑의 꽃이었구나, 노랑제비꽃이. 그래서 하얀 제비꽃만, 보라색 제비꽃만 제비꽃이 아니라고, 노랑제비꽃도 있다고 그 증거를 사람들에게 보여주라고 나를 닦달했던 거구나……

친구야! 오십도 허리를 꺾은 나이에 무슨 주책으로 여전히 첫사랑을 기억하는 것이냐? 하기사 내가 아는 남자들 중에 첫사랑을 깡그리 잊어버린 놈은 하나도 없더라. 사내라는 종자들이 원래 그렇지. 사실은 내게도 노랑제비꽃에 얽힌 사랑의 추억이 있단다. 애인을 노랑제비꽃이라고 불렀던 오글거리는 사랑의 기억이. 친구야! 쑥스러운 고백 하나 하자.

고대산 노랑제비꽃이 있는 슬라이드 필름 박스를 열 엄두가 안 났던 건, 그 안에 노랑제비꽃 애인이 함께 들어 있었기 때문이었어. 사진을 보면 아이보리색 정도로 퇴색한 기억이 그 샛노랑으로 확 되살아날 거 아니냐. 더 시간 지나야 그런 멍청한 짓 다시 할 수 있겠더라. 첫사랑은 물론 아니었지. 내 나이가 몇인데. 살아온 세월이 얼만데. 몇 번째 사랑이었냐고는 묻지 마라. 내가 그걸 셀 수 있을 정도로 셈에 밝았으면 진즉에 갑부 되었을 거다. 그런데 왜 또 남자들은 새 애인 만날 때마다 이것도 첫사랑이야! 하며 도돌이표 노래를 부를까? 하긴 옛날에 어느 주말 드라마 작가가 했던 말이 기억나네. 결국 모든 사랑은 다 첫사랑이라고.

노랑제비꽃 보고 싶어진다. 아, 그 노랑제비꽃 말고 이 노랑제비꽃! 북한산 높은 자락에는, 고대산 깊은 골에는 어쩌면 아직 노랑제비꽃이 남아 있을지도 몰라. 더 늦기 전에 김밥 한 줄, 생수 한 병, 맥주 한 캔씩 들고 가볼까나? 미지근해진 맥주 캔이라도 홀짝이면서 노랑제비꽃 사랑의 추억이나 주책 맞게 읊어볼까나? 흘러간 사랑들에 건배하면서 말이야. 그나저나 옛사랑의 추억은 여전히 깡패로구나. 이 나이에도 여전히 사람을 청승맞고 주책맞게 만드는 깡패로구나.

어디서 오신
뉘신지

도대체 어디에서 온 뉘신지요? 상추 모종, 토마토 모종 심을 때까지는 일단 편히 발 뻗고 계셔도 됩니다. 그때가 오면요? 글쎄요, 올해는 그냥 아무나 먼저 자리 잡은 손님들이 임자인 해로 정해버릴까요? 손바닥만 한 텃밭이 야속합니다. 내일이야 어찌되든 우선은 이 좋은 봄볕 실컷 누리십쇼. 사람과 같이 살기 위해선 동물이든 식물이든 어쩔 수 없이 타협해야 하는 세상이니 어쩝니까? 야채 모종 심을 때까진 당신 세상으로 내버려둘 테니 짧은 봄날이라도 실컷 누리십쇼.

아무도 심지 않았다. 아무도 보살피지 않았다. 아니 사실은 보이는 대로 뽑아버린 적이 더 많았다. 냉정한 텃밭 주인의 눈길을 피해 살아남은 녀석이 뿌린 씨앗들에서 또 이렇게 질기게 잎을 피우고 꽃을 피웠다. 이 불청객의 이름을 나는 한 번도 묻지 않았다. 이름을 아는 순간부터 저 녀석을 없애는 일이 상당히 신경 쓰이는 일이 될 것이기에. 이름을 불러주지 않았는데도 작을망정 꽃을 피우고 씨를 천지사방으로 날리는 녀석에게 이름까지 불러줬다간 그야말로 옥상을 완전 정복하는 건 시간

문제일 터였다. 잡초. 가꾸지 않아도 저절로 나서 자라는 여러 가지 풀.

잡초, 잡놈, 잡종, 잡내, 잡부, 잡일, 잡동사니, 스티브 잡스, 웁스! 아재 개그가 너무 멀리까지 나갔다. '잡雜' 자가 붙은 말치고 좋은 뜻으로 쓰이는 말이 있을까? 잡지조차 그렇다. 단행본은 중고 책방으로라도 가지만, 웬만큼 특별하지 않는 한 대부분의 잡지는 재활용 펄프 공장으로 간다. 나만 해도 잡지는 다 재활용으로 내놓는다. 똑같은 시와 소설과 평론이 실렸건만, 단행본 시집과 소설집과 평론집은 생전 다시 보지 않으면서도 책장에 고이 모시면서, 문학 잡지는 내다버린다. 가엾은 잡들. 세상에 참 많기도 한 잡들.

잡雜, 뒤섞여 순수하지 않은 것, 막된 것. 농경의 시작이 곧 문명의 시작이었다. 떠돌며 사냥하고 채집해서 먹고살던 호모 사피엔스는 농경을 시작하면서 정착했다. 많은 학자들이 이미 주장했듯이 농경의 시작은 곧 인간이 몇몇 식용 작물의 노예가 되는 길로 접어들었다는 얘기도 된다. 그것도 자발적으로! 쌀, 밀, 옥수수, 감자의 노예가 된 침팬지 사촌. 주인님 작물, 곧 식용 작물이 아닌 것에는 풀이건 나무건 가차 없이 잡초로 규정해 베어내고, 뿌리 뽑고, 제초제 뿌리고, 비닐 멀칭까지 해서 아예 발붙일 자리도 없이 만드는 충실한, 충실해도 너무 충실한 노예들.

멀리 갈 것도 없이 동네 뒷산에만 가봐도 알 수 있다. 자연은 원래 뒤죽박죽으로 뒤섞이는 것이다. 생명이 성性을 발명한 건, 섞었을 때 생존의 가능성이 더 높아지기 때문이었다. 생명은 열심히 잡종을 만들어낸다. 섹스를 통해서, 돌연변이를 통해서 열심히 뒤섞는다. 그렇지 않았다면 지금의 현기증 날 만큼 다채로운 생명의 진화는 벌어질 수 없었다. 자신이 진화의 정점이라고 우쭐대는 인간은 잡종을 무서워한다. 무리지어 생활하는 침팬지와 고릴라도 젊은 암컷들은 틈만 나면 우두머리 수컷의 감시를 따돌리고 이웃 집단으로 떠난다. 섞어야 건강한 후손이 태어날 수 있다는 걸 침팬지와 고릴라도 아는 것이다.

농경의 시작과 더불어 출발한 문명은 인간으로 하여금 섞임을 두려워하게 만들었다. 국가의 탄생, 민족의 탄생, 자본의 탄생. 획일화, 단일화로 치달았다. 하늘같은 벼님들께서 자라시는 논에, 하늘같은 상추님들께서 자라시는 밭에 어디 감히 피 따위 잡초가, 어디 질경이 따위 잡초가! 하늘 같은 소님과 양님과 돼지님이 자라셔야 할 목초지에 어디 늑대 따위가, 어디 고라니 따위가, 어디 너구리 따위가!

뒤섞이지 않은 것을 말하는 '순수'의 한자는 '純粹'다. '순수할 순'에 '순수할 수.' 참 나 원, 이런 동어반복이라니! 그런데 가만히 '粹'를 들여다봐라. 뭐가 보이는가? 두둥! 그래, '쌀 미米'다. 그 어떤 잡초도 끼어들지 않고 쌀만 가득 무리지은 상태, 쌀의 병졸들로 가득한 영토, 그것이 순수라는 얘기다. 얼마나 잡초에 시달렸으면 그런 한자를 만들었겠는가? 아, 이건 순수히 내 상상이니 어디 가서 얘기하지는 말기를. 한학자들에게 잡놈 소리 들을 수도 있다.

아메리카 들소를 비롯한 수많은 동물의 천국이던 미 대륙의 초원은 이제 끝이 없는 밀과 옥수수의 제국으로 전락했다. 빨리 성장해 목재와 땔감을 제공하는 호주 출신 유칼립투스 나무가 아프리카와 인도의 숲이 베어진 자리를 삽시간에 점령해 다른 나무들이 자랄 기회를 원천봉쇄한다. 아마존의 열대림은 소를 키울 목초지로 바뀌고 있다. 남태평양의 섬들도 팜유를 생산하는 야자 몇 종류로 뒤덮인다. 겨우 몇천 년 만에 인간은 생명의 다양성을 치명적으로 축소시켰다.

여섯 번째 대멸종이라고 학자들이 이름붙인 대재앙은 이미 시작되었고, 지금 한창 정점을 향해 치닫고 있다. 그 끝이 언제일지 누가 알까? 어쩌면 100년, 200년, 순식간에 올지도 모른다. 불과 몇십 년 후면 바나나도 멸종될지 모른다는 신문 기사를 읽어본 적 있는가? 잘 팔리는 한 종의 바나나로 세상을 뒤덮은 탓에, 곰팡이 한 종류가 창궐하자 아프리카, 아시아, 남미 할 것 없이 전세계의 바나나가 다 죽어나가기 시작했다지 않은가. 잡스럽지 않은, 섞이지 않은 순수한 세상의 종말. 잡다雜多는 살아남지만, 순수純粹는 소멸한다. 인간이 아무리 순수를 예찬해도 잡스럽지 않은 생명은 오래가지 못한다.

잡초들이 자라는 땅이 건강한 땅이다. 잡초들은 질긴 생명력으로 인간이 선택한 작물들이 뽑아 올리지 못하는 깊은 땅 속 양분까지 끌어올린다. 왕성한 번식력으로 땅을 뒤덮어 수분의 증발도 막는다. 한 해를 살건 두 해를 살건, 살 만큼 산 다음에는 죽어 거름이 된다. 잡초들이야말로 땅의 순환에 앞장서는 척후병들이다. 눈 밝고 정신 맑은 식물학자들이 다 가르쳐주었다.

그러나! 가엾어라, 상추와 쑥갓과 토마토의 노예가 된 나! 어느 한 해, 지혜로운 잡초 예찬론자 식물학자의 가르침에 감동받은 나머지, 옥상 텃밭을 내버려둬 봤다. 결과는? 당신이 짐작하시는 대로다. 쑥대밭이 어떤 상황을 말하는 것인지 목격해야 했다. 콘크리트 도시 한복판에 홀로 섬처럼 자리 잡은 옥상 텃밭에 도대체 어디서 날아오는지, 진격의 잡초들.

텃밭, 정원. 어떤 이름으로 부르든 이미 자연과는 담을 쌓은 영토였다. 조병준이라는 이름의 얼치기 고용 정원사가 몇몇 식용 및 관상용 식물 주인님들을 모시는 영토였다. 주인님들은 어찌나 허약하신지. 잡초들의 왕성한 생명력에 비하면 주인님들은 어찌나 부실하신지. 제초제에는 여전히 결코 찬성할 수 없지만, 금수강산을 뒤덮은 검정 비닐 멀칭을 더 이상은 싸잡아 비난할 수 없었다. 손바닥만 한 텃밭에서 잡초 솎아내는 일이 얼마나 시간을 잡아먹고 얼마나 노동력을 소비해야 하는 일인지 알게 된 후로는 그럴 수 없었다.

어머니 자연은 한없이 자애롭기도 하지만, 동시에 자연은 무섭게 냉정한 어머니이기도 하다. 자유방임주의자 어머니. 클 놈은 알아서 커라. 너희끼리 죽이 되든 밥이 되든 알아서 해라. 흑흑, 대자연 어머니, 왜 인간을 이리 낳으셨나요? 어쩌다가 쌀과 밀하고 인간을 결혼시켜 이렇게 죽어라 쌀과 밀을 위해 일하다 죽게 만드셨나요? 어쩌시려고 인간을 고기에 미치게 만들어서 소와 돼지를 기르려고 숲을 불태우게 하셨나요? 어머니, 미워요! 흑흑. 어쩌다 저를 함박꽃 좋아하는 인간으로 만드셔서 달개비도 뿌리 뽑고 괭이밥도 뜯어내고 나팔꽃 떡잎도 다 뽑아내게 만드셨나요? 냉정한 어머니는 대답이 없다. 내 귀에 들리는 건 옥상에 부는 바람소리뿐이다. 니가 알아서 해라, 는 소리일 것이다.

봄이면 텃밭과 화분들이 온통 잡초로 덮인다. 방수 우레탄으로 덮인 옥상인데 우레탄이 갈라진 틈바구니에서까지 잡초가 돋곤 한다. 찾아보면 다들 이름이 있을 테지만, 결국은 끊어내고 뽑아낼 수밖에 없기에 이름을 찾아 알려는 노력은 하지 않는다. 물론 사실은 게으른 탓이지만, 그렇게 포장한다. 땡볕 쪼여가며 잡초를 뽑을 때마다 두 개의 감정이 씨름을 벌인다. 보람과 미안. 나를 충직한 노예로 선택한 꽃과 채소에 대한 뿌듯한 보람, 그리고 내 손에 뽑혀 퇴비로 전락하는 잡초에 대한 죄스러움 사이의 전쟁이 날마다 벌어진다.

잡초들에 사죄한답시고 이른 봄날의 짧은 시간을 내버려둔다. 어쩌다 빈 화분이 생기면 한 해 그냥 잡초들더러 발붙이고 살라고 내버려둘 때도 있다. 하지만 대부분의 날들에 나는 잡초들을 뽑아낸다. 내 텃밭은 손바닥만 하고, 내 마음밭은 손톱만 하니 어쩌겠냐고 중얼거린다. 다음 생에는 좀 더 넓은 시골 야산에서 태어나시라고, 아니면 아예 인간 없어진 다음번 지질 시대에 태어나시라고, 명복을 빈다. 채소건 꽃이건 농사를 짓는 일은 끝내 죄를 짓는 일이구나, 탄식하면서 잡초를 뽑는다. 내년 이른 봄날에 잠시 마음대로 자라게 할 테니 죄를 용서하시구려, 기도하면서 잡초를 뽑는다. 내년에도 또 저 불청객에게 뉘시온지요? 물으며 인사하게 될 것이다. 하기사 내 눈에 안 띄는 여기저기 구석자리에서 이미 잘살고 계실 양반이긴 하다. 불청객이 내게 말한다.

"도대체 언제나 돼야 내 이름 알게 되려우? 짧으면 한 자이고, 길어봐야 다섯 자도 안 될 텐데. 클클클. 그래도 한 시절 햇볕 푸짐하게 쬐면서 잘 살게 해줘서 고맙수. 이렇게 사진까지 찍어주고, 고맙구려. 살다 살다 사진도 찍혀보는구먼. 허허허. 약속 하나 하시려오? 몇 해 전처럼 어느 한 해쯤 그냥 먹을거리는 가게 가서 사다 자시고 우리 잡초들 맘껏 자라게 해주소. 우리가 잘 자라면 텃밭도 기름지게 만든다는 것도 아시잖수? 약속하는 거요? 그럼 내 서운한 맘 없이 잘 가려오. 올해 농사도 풍년 되시구려. 건강하시구려."

허허실실 웃으며 불청객 잡초 양반이 퇴비 항아리로 가신다. 다른 음식물 쓰레기, 다른 잡초들과 잘 섞이시려고. 잘 썩으시려고…… 어르신, 실은 저도 잡놈이랍니다…… 어르신 존함이 별꽃 맞으시죠?

그대 어깨에
내리는 햇빛이

Sunshine on my shoulders makes me happy.
Sunshine in my eyes can make me cry.
내 어깨에 내리는 햇빛이 나를 행복하게 해.
내 눈에 들어오는 햇빛이 나를 눈물 나게 해.

지독해도 너무 지독한 황사인지 미세먼지인지 눈 가렵고 코 막히고 목 아프게 하던 날들이 계속되더니, 정말 존 덴버의 노래가 절로 흥얼거려지는 하루가 왔다. 야외 활동을 자제하라는 국가의 명령에 충실히 복종하느라 밖에 나갈 일 없으니 머리 감을 일도 없더라. 떡 진 머리를 모자로 감추고 뒷산 공원으로 올라갔다. 꽃들이 부르는 노래를 불렀다.

Sunshine on my shoulders makes me happy.
Sunshine in my eyes can make me cry.

내 어깨에 내리는 햇빛이 나를 행복하게 해.
내 눈에 들어오는 햇빛이 나를 눈물 나게 해.

뭔 청승이람. 그 좋은 4월에, 그 화창한 날에, 눈물은 왜 나는 건데. 뜬금없이 존 덴버가 아직 이른 나이에 떠난 걸 왜 기억하는 건데. 봄이 짧은 걸, 행복이 짧은 걸 언제는 몰랐던 것처럼 왜 새삼스럽게 봄이 서러워지는 건데. 왜 또 4월이 잔인해지는 건데……

그대 어깨 위에 내린 햇빛이 나를 행복하게 해.
햇빛에 밥풀떼기처럼 터져 오른 그대 찬란한 슬픔이
그 햇빛이 다시 오지 않을 어제였다는 내 오래된 예감이
나를 눈물 나게 해.

병이다. 왜 눈부신 봄날에 "알뜰한 그 맹세의 봄날은 간다" 넋두리가 먼저 흘러나오는지 알다가도 모를 병이다. 눈부신 박태기꽃 앞에서까지 햇살에 눈이 부셔 눈물이 난다고 둘러대는 게 병이 아니라면 뭔가? 다정도 병이라는데, 오지랖도 병이라는데. 그래도 어제 내린 햇살이 고마워서, 어제 와준 사랑이 고마워서 눈물 나는 걸 어쩌라고. 그 햇살의 기억만으로 생이 얼마나 환한지 모르겠는데 그 빛에 눈물 나는 걸 어쩌라고.

먹고살 일
맞잖아?

손바닥만 한 내 옥상 정원. 그 손바닥만 한 텃밭을 어떻게 알아내는지, 벌레들은 귀신같이 찾아온다. 건강하게 살아보겠노라고, 비닐하우스에서 화학 비료와 살충제 먹으며 자란 거 말고, 자연 그대로 햇살 받고 바람 맞으며 오로지 퇴비와 물만 먹고 자란 야채를 먹겠노라고 이런저런 쌈 채소를 심었다. 잘되었냐고? 하하하, 이 사진을 보고도 그런 질문이 나오시는가.

오, 벌레들과 나의 전쟁 역사를 다 털어놓으려면 적어도 책 한 권은 써야 한다. 진딧물부터 시작해서 배추벌레, 쐐기, 달팽이, 그리고 도시 남자인 내가 이름을 알 턱이 없는 온갖 벌레들이 내 손바닥만 한 옥상 정원을 수시로 침공한다. 봄부터 가을까지 옥상 정원은 내내 전쟁터다. 손으로 벌레들을 참 많이도 잡았다. 잡았다고 표현하지만, 벌레들의 입장에선 학살이다. 식물들과 벌레들의 끝없는 군비 경쟁.

어떤 식물들은 그 군비 경쟁의 일환으로 인간을 무기로 길들여 벌레

들과 싸운다고 봐도 된다. 살충제가 그렇고, 진딧물과 배추벌레를 손으로 잡아 죽이는 내가 그렇다. 나는 이를테면 식물들이 채용한 용병이다. 나는 상추와 토마토와 블루베리와 바질을 월급으로 받아먹고 산다.

경험이 쌓이면서 조금씩 배운다. 어떤 종류의 야채들은 내 능력으로 안 된다. 벌레 먹은 야채를 따서 먹어보면 확실히 맛이 없다. 벌레들에 저항하느라 모종의 화학 물질을 잎에 쌓아두기 때문이리라. 하긴 벌레와 상관없이 옥상 정원의 야채들은 대부분 뻿뻿하다. 상추부터 방울토마토까지 마트에서 파는 야채들에 비하면 확실히 질기고 거칠다. 전장에서 살아남은 생명이 부드럽기를 바라는 건 어리석다.

어떤 식물학자가 말했다. 인간이 식물을 길들인 것이 아니라 식물이 인간을 길들인 것이라고. 밀, 옥수수, 쌀, 감자, 토마토, 양귀비, 대마초…… 인간이 아니었다면 결코 이렇게 지구 대부분을 뒤덮을 정도로 퍼지지 못했을 작물들. 입장 바꿔 생각해 봐! 너희는 우리의 노예야, 이 바보들아! 물 주고 비료 주고 벌레 잡는 일에 지친 불쌍한 노예는 결국 결단을 내렸다. 벌레들이 유독 좋아하는 야채들은 내 옥상 정원에서 추방되었다. 문제는 벌레들이 좋아하는 야채들은 내 입에도 맛있다는 서글픈 사실이다.

올 봄에 씨 뿌린 상추와 쑥갓이 싹을 틔웠고 열심히 자라는 중이다. 작년에 떨어진 토마토에서 몇몇 씨앗이 살아남아 또 목숨을 걸고 잎들을 펼친다. 단호박 씨앗들도 미친 듯이 떡잎을 올렸다. 그 아이들을 다 자라도록 내버려두기에 내 옥상 정원은 너무 좁다. 부처님 손바닥만큼 광대하다면 좋을 테지만, 할 수 없이 또 솎아내야 한다. 다시 입장 바꿔 생각하면, 이 경우에 나는 그 아이들에게 벌레들에 비할 수 없이 잔인한 철천지 원수가 되리라. 그래도 어쩔 수 없다. 내버려두면 녀석들은 부처님 손바닥도 악착같이 넘어가려 할 테니까.

손바닥만 한 정원이 가끔씩 내게 감당하기 어려운 질문을 던진다. 왜 생명의 세계는 이렇게 끝없는 전쟁의 세계가 되어야 한 거지? 왜 최초의 세포처럼 그저 물과 주변의 화학 물질만 먹고 번식하는 데서 그치지 못하고, 다른 세포를 잡아먹으며 번식하는 포식자들이 생겨나야 했을까? 인정하고 싶지 않지만, 그것이 생명의 진화에 가장 효율적인 방식이기 때문이었을지 모른다.

포식자가 생겨나지 않았다고 상상해 보라. 생물은 빠르게 움직이는 방향으로 진화하지 않았을 것이고, 지능을 진화시키지도 않았을 것이다. 호랑이가 물어갈 때라야 사람은 정신을 바짝 차리지 않는가. 벌레들에게 먹히지 않으려고 발버둥치는 식물들의 안간힘이 없었다면, 지금처럼 다채롭고 화려하고 눈물 나게 아름다운 녹색의 세계도 없을 것이다.

전쟁 무기로 레이저가 개발되지 않았다면 CD 플레이어도 없다. 적군이 쳐들어온다~ 경고하던 봉화대는 진화에 진화를 거듭해 인터넷이 되었다. 다들 아는 얘기겠지만, 인터넷이 처음 시작된 곳은 미국의 국방부다. 서글프지만, 먹이사슬은 포식자와 피식자 양쪽을 다 진화시킨다. 그리하여 생물들은 무한히 새로운 진화의 가지를 뻗어나간다. 지금 우리를 전율시키는 이 장엄한 생명의 나무는 그렇게 서로 도망치고 추격하는 생물들 사이의 군비 경쟁이 빚어낸 만다라다. 먹고 먹히는 살벌한 생물들 간의 전쟁이 이리 장엄한 생명의 나무를 키우다니 아이러니다.

평화를 노래하기란 얼마나 쉬운 일인가. 이해하고 용서하고 사랑하며 다 함께 어울려 살 수 있다면야 얼마나 좋을까? 슬프게도 생명의 진화는 그런 방향으로 진행되지 않았다. 하여 우리는 할 수 없이 싸워야 한다. 내 새끼를 잡아먹으려는 포식자가 접근하면 모든 생명체가 그러하듯 맞서 싸워야 한다. 달팽이를 잡아야 하고, 쐐기벌레를 잡아야 한다. 나는 옥상 초록이들의 용병이다. 청년들을 고문해 죽이고, 시민들을 총칼로 죽이고, 아이들을 물에 빠트려 죽이는 짐승들에게 우리는 맞서 싸워야 한다. 아프지만, 슬프지만, 무섭지만, 그 싸움을 통해서만 우리는 살 수 있다. 그래야 아이들이 살 수 있다.

아, 오늘도 미세먼지가 내 머리를 야금야금 갉아먹는 모양이다. 싹 잘 틔운 상추와 쑥갓과 단호박 떡잎에 기뻐하면 그만일 것을 솎아낼 걱정, 앞으로 찾아올 벌레들 걱정부터 하고 앉아 있다. 무슨 먹고살 일이라고 이리 서둘러 걱정부터 하고 있을꼬. 오늘 낮에 잡아서 퇴비 항아리에 던져버린 달팽이들이 내 머릿속에서 한마디 한다. 먹고살 일 맞잖아? 우리나 당신이나 다 똑같이 먹고살려고 이러는 거잖아? 너무 미안해하지는 마셔. 그래도 당신이 살충제는 안 뿌리니까 우리 달팽이 식구들, 다 죽지는 않아. 우리도 미안하지 뭐. 당신이 애써 키우는 초록이들인 걸 알면서도 우리도 먹고살아야 하니 어쩌겠어…… 근데 케일은 이제 다신 안 심을 거야? 그거 참 달고 맛있던데……

배반의 치커리

그해 봄에 치커리 모종을 사다 심었던 건 물론 먹기 위해서, 쌈으로도 먹고 샐러드로도 먹기 위해서였다. 처음 한동안은 치커리를 잘 먹었다. 그런데! 치커리한테 배반당하고 말았다. 치커리 탓만은 아니었을 게다. 옥상 텃밭에 하루 종일 햇볕이 너무 강하게 내리쬔 탓이 더 클 것이다. 치커리가 무성하게 잘 자라기는 하는데, 잎이 너무 썼다. 씀바귀도 아니고 익모초도 아닌 것이 써도 너무 썼다. 결국 몇 번 뜯어먹다가 치커리는 잊어버렸다.

비닐하우스에서 직사광선 맞을 일 없이, 열심히 뿌리 뻗어 양분 찾아다니는 고생도 안 하고 편하게 화학 비료 먹으며, 살충제 샤워하며 벌레 붙을 걱정 없이 크는 치커리야 당연히 달고 부드럽겠지. 그러나 나의 치커리는, 비록 시멘트 옥상일망정 그래도 노지에서 자라는 치커리였다. 쓰고 억센 게 당연하다는 걸 내가 몰랐던 것뿐이다.

먹지도 못할 치커리였지만, 그렇다고 뽑아버리자니 그것도 못할 짓이었

다. 어떻게 태어난 생명인데. 어쩌다 바람에 날려 와 싹틔운 잡초도 아니고 내가 키워놓고선 맛없다고 뽑아버린다? 에이, 사람 할 짓이 아니지. 그냥 한 해 잘살다가 떠나라고 냅뒀다. 그런데, 그런데! 치커리는 또 한 번 나를 배반했다. 첫 번째 배반이 내 혀를 겨냥한 배반이었다면, 두 번째 배반은 내 눈을 겨냥한 배반이었다.

치커리에도 꽃이 핀다는 걸 알고 있었는가? 그것도 아주 예쁘고 소담스럽게 연보랏빛으로 핀다는 걸? 쑥부쟁이, 벌개미취, 그런 아이들에 비해 조금도 뒤지지 않는 미모의 치커리꽃! 으하하. 당신도 십중팔구 몰랐을 것이다. 살면서 그토록 유쾌 상쾌 통쾌한 배반은 처음이었다.

가을이 왔고, 치커리도 다 시들어 쓰러졌다. 치커리 줄기들 다 뽑아내 퇴비 만드는 항아리에 넣었다. 그리고 치커리 잎의 쓰디쓴 기억도, 치커리 꽃의 황홀한 기억도 겨울을 지나며 다 잊혀졌다. 다시 봄이 왔을 때 상추씨를 뿌리고 토마토 모종을 옮겨 심으면서 잠시 치커리의 배반을 기억했지만, 치커리를 다시 심을 생각은 들지 않았다. 그런데, 그런데, 그런데! 치커리가 세 번째 배반의 뒤통수치기를 꾸미고 있었을 줄이야!

그해 옥상 텃밭의 한 모퉁이는 온통 치커리로 덮였다. 지난해 꽃에서 열린 씨앗들이 흙에 떨어져 겨우내 숨죽이고 있다가 봄이 오자 사방에서 튀어나왔던 것이다. 직사광선 열심히 받고 바람 신나게 맞으며 자란 치커리는 내 옥상 텃밭을 꽃으로 융단 폭격해 버렸다. 아, 물론 정원사를 위한 샐러드는 여전히 없었다. 꿀벌을 위한 꿀이 있었을 뿐이다. 참 달콤하기도 한 배반이라니……

배반의 왕자 조병준을 참고 견뎌준 사람들을 생각한다. 엄마 아버지부터 시작해서 수많은 사람들의 기대와 믿음을 언제나 보기 좋게 배반하는 나. 나의 배반기를 책으로 쓰면 대하소설은 나올 것이다. 아주 많은 사람들에게 나는 쓰디쓴 치커리였다. 사람들이여, 용서하라. 내 삶이 어쩌다 자외선과 곤충으로 충만한 콘크리트 옥상을 닮을 때가 있다. 그러면 나도 노지 치커리처럼 억세고 쓰디써질 수밖에 없다. 먹지 못할 정도라면 이쁜 꽃이라도 피워야 용서를 받을 테니 나도 노력해 보련다. 어떻게든 볼품없는 꽃이라도 피워보련다. 다음해를 위한 씨앗? 아이고, 배반자 조병준에게 너무 많은 걸 기대하지는 마라, 제발……

앞으로 올 어느 봄엔가 다시 한 번 치커리 모종을 심을 생각이다. 그래서 또 보기 좋게 치커리에게 배반당하는 순환을 시작해 볼 작정이다. 사람이 빵으로만 살지 않듯이 치커리 샐러드로만 살겠는가. 사람이 말씀으로도 살듯이 치커리 보랏빛 꽃으로도 살아야 하지 않겠는가. 아, 씁쓸 황홀 달콤한 치커리의 배반이여!

꽃다발 들고
버스 탈 수 있어?

그날, 참 오랜만에 홍대 앞에 나갔다. 3월 중순, 아직 봄이 왔다고 말하기엔 너무 추웠던 날. 남쪽 도시에서 서울로 아우들이 올라왔다. 시골 녀석들이 서울 구경하고 싶다는데 홍대 앞으로 데려가 줘야지 어쩌는가. 후배들과 순대곱창 곁들여 소주를 마시던 중, 그 며칠 전에 뜬금없이 문자 보낸 아우 생각이 났다.

"형 뭐해요? 그냥 술 한 잔 생각나네 ㅎㅎ"

쉽게 걸어올 거리에서 일하고 있으니 불러내지 못할 이유, 또 어디에 있으랴. 부르니 신나서 달려오더라. 소주로 시작해 고량주, 그리고 생맥주로 흘러가는 술판, 그 판에서 처음 만난 녀석들끼리 형 동생 하며 아주 살판이 났다.

살판나다: [동사] 1. 재물이나 좋은 일이 생겨 생활이 좋아지다. 2. 기를 펴고 살 수 있게 되다.

좋은 사람들이 모이면 언제나 살판이 나는 법이다. 국어사전에 나온 설명 중에 재물 따위는 빼버려도 상관없다. 좋은 사람들이 모이면 좋은 기운이 휘몰아치며 기가 펄펄 살아난다. 살판으로 이어지는 술판, 가끔씩은 벌어져야 이 고단한 삶 견뎌낼 수 있다. 다음날 숙취로 고생하든 말든, 기분 좋은 술자리에선 좀 취해도 된다.

하룻밤 자고 가도 되련만 아쉽게도 순천 아우들은 심야버스 타고 집에 가야 했다. 먼저 택시 태워 터미널로 보내고, 많이 취한 홍대 앞 아우, 팔 잡아 버스 정류장으로 간다. 손에 잡히는 아우의 팔, 가늘다. 내일모레면 오십 중반인 놈이 어째 그리 말랐다냐. 또 오지랖 넓게 마음 한구석 짠하다.

자기네 동네면서 나더러 엉뚱한 데 가서 버스 타란다. 취했군. 쩝. 꼴랑 한 살밖에 차이가 안 나는데도 그냥 친구 먹자는 내 말에 "내가 미쳤수? 형 있으면 얼마나 좋은데?" 설레발 내밀며 동생 되기를 고수한 아우다. 취하면 가끔은 아주 어린양을 부린다. 버스 정류장까지 데려다놓으니 아우, 또 뜬금없이 내게 묻는다.

"형, 내가 꽃 사주면 들고 갈 수 있어?"

우리가 술 마시고 난 뒤 언제나 헤어지던 그 버스 정류장 근처에 꽃 파는 아저씨가 있었다. 몇 번 그 아저씨에게서 꽃을 사서 아우놈에게 안기곤 했었다. 싫다는 아우에게 윽박지르며 꽃다발을 안겼다. 꽃을 들고 가야 마누라에게 사랑받는다고. 최소한 술 퍼마시고 늦게 들어가는 거 그나마 면피라도 조금 된다고.

내 나이 또래의 한국 남자들, 백이면 아흔아홉은 마누라한테 꽃 사다 주는 일 같은 거 못한다. 연애할 때도 애인에게 꽃다발 바친 경험을 거의 못해본 인간들한테 무슨 기대를 하랴. 어릴 때, 젊을 때 못해본 일은 나이 들면 더 못한다. '꽃을 든 남자'가 수상하고 어색하지 않게 된 건 그리 오래전의 일이 아니다. 꽃을 주고받는 기쁨을 못 배운 가엾은 조선 사내들. 뭐 아직도 지천에 널렸다. 나? 나는 조선 사내에서 벗어나려고 평생을 아등바등 몸부림친 인간이다. 일찍부터 꽃다발 들고 버스 타고 지하철 타는 일에 익숙해지려 노력했다. 처음에야 나도 쪽팔리고 어색했다. 왜 그렇게 사람들은 남자가 꽃을 들고 있으면 마치 별종 보듯이 뚫어져라 쳐다보는지. 쩝.

꽃다발 받고 좋아하는 엄마한테서 배웠다. 꽃다발 받고 환하게 웃는 여자 선배, 여자 후배, 여자 친구들한테서 배웠다. 꽃은 받는 게 아니라 주는 거라는 걸. 푭. 사실은 꽃은 남자가 받아도 좋은 거다. 이 한심한 조선 사회의 교육이 그걸 안 가르칠 뿐이다. 그러니 내가 어거지로 꽃다발 안긴 게 한두 번도 아니건만, 그런 나한테 아우가 또 묻는 일이 벌어진다. 형, 내가 꽃 사주면 들고 갈 수 있어? 이놈아, 꽃 사주면 들고 달려갈 수도 있고 날아갈 수도 있지. 안 사줘서 못 들고 가지!

프리지아 두 다발을 골랐다. 꽃 파는 아저씨가 포장하는 동안, 형한테 꽃 사주는 게 그리도 쑥스러운지, 아우는 또 묻는다.

"형, 꽃 들고 버스 탈 수 있어?"

으이구, 화상아!!! 내가 사준 꽃다발 들고 버스 타는 게 그리도 힘들었더란 말이냐!!!! 에고, 이 조선 사내들이라니!!!!!

아우가 생애 처음, 자식들의 졸업식 꽃다발을 제외하고 처음 샀을 게 거의 확실한 프리지아 꽃다발 들고 버스에 올랐다. 아니나 다를까, 승객들의 시선이 내게 꽂힌다. 꽃을 든 남자에겐 시선이 꽂힌다. 더군다나 그 남

자가 흰머리 수북한 중년 남자면 더 말할 필요 없다. 꽂히든가 말든가. 꽃샘추위 찬바람에 움츠렸던 마음이 환해진다. 죽어라 가르쳤더니, 이제 아우도 배움을 실천하는구나. 남자들도 꽃 선물 주고받으면 환해진다는 진리를 지갑 열어 실천하게 되었으니 아우야, 이제 하산해도 된다. 형은, 이제 죽어도 여한이 없다. ㅋㅋㅋ.

그 프리지아, 화병에 꽂으니 집이 얼마나 환해지던지. 집이 환해지니 얼마나 좋던지. 그 뒤로도 홍대 앞에서 술판을 벌이다가 헤어질 때, 아우가 또 꽃다발을 건네주면 또 얼마나 살판이 나던지. 아우야, 보고 있냐? 형아 꽃병 비었다. 술 한 잔 생각나네. ㅎㅎㅎ

앵두나무 아버지,
나팔꽃 아들

옥상 정원에 누가 나팔꽃 씨를 뿌렸을까? 적어도 내가 기억하는 한 아무도 없다. 엄마도, 아버지도 뿌렸을 리 없다. 저렇게 무섭게 '제국주의적'으로 뻗어나가는 녀석을 일부러 뿌렸을 리는 없다. 엄마가 옥상 정원의 주인이던 시절엔 한 번도 나팔꽃이 피지 않았다. 이제 옛날처럼 내 기억을 무조건 믿으라고 당당하게 말할 수 없는 나이가 되었다. 그래도 우리 집에 나팔꽃은 한 번도 초대받은 손님이었던 적이 없다. 그런데 어떻게?

알다시피 나팔꽃 씨앗은 작지도 않다. 바람에 실려 날아오기에는 크다. 많이 크다. 지상에서 핀다면야 바람에 굴러다니다 자리 잡았나 보다 하면 되지만, 3층 건물의 옥상이다. 벽을 타고 기어오르는 건 나팔꽃 덩굴의 능력이지 나팔꽃 씨앗의 능력은 아니다. 너, 어떻게 여기까지 올라온 거냐? 추리해 볼 수밖에 없다. 아마 내가 시장에서 사온 수많은 화분들 중 어느 하나에 나팔꽃 씨앗이 몰래 숨어 있었을 가능성이 제일 크다. 그 화분이 토마토 모종이었을 수도 있고 매발톱꽃이었을 수도 있다. 아무튼 나팔꽃

씨앗은 밀항에 성공했다. 3층 건물 옥상 구석에서 싹을 틔우고 덩굴을 뻗고 마침내 꽃을 피웠다. 밀항자 나팔꽃. 불법이민자 나팔꽃.

나팔꽃 핀 걸 처음 봤을 때만 해도 기쁨의 탄성을 질렀다. 초대받지 않았지만 반가운 깜짝 손님이었다. 거참 신통한 놈일세. 주인이 심성 착한 호인인 건 또 어찌 알고 용케도 잘 찾아왔네. 누가 지었는지 네 영어 이름 'morning glory', 아침의 영광이라는 이름, 참 근사하게 잘 붙였구나. 아침마다 옥상에 물 주러 올라오면 네 환한 얼굴 덕에 나도 웃게 되는구나. 아이고, 이쁜 것!

아침의 영광이 아침의 저주까지는 아닐지라도 아침의 뺏골 빠지기는 된다는 사실을 아는 데는 그리 많은 시간이 필요치 않았다. 나팔꽃이 그토록 맹렬한 제국주의자라는 걸 아는 데는 딱 한 해만으로 충분했다. 이듬해부터 엄마의 부추밭, 내가 심은 방울토마토의 영역으로 진격하는 녀석들을 뽑아내고 또 뽑아내다가 휴전 협정을 맺었다. 부추밭으론 넘어오지 마! 방울토마토들도 좀 내버려둬! 나팔꽃이라고 조건도 안 내걸고 휴전 협정에 도장 찍고 싶겠는가? 그럼, 우리한테 뭘 해주실 건데요?

더 이상은 마냥 심성 착한 호인 흉내를 낼 수 없었지만, 그렇다고 피도 눈물도 없는 이민국 공무원 행태를 보이기도 싫었다. 네가 맘 놓고 덩굴 감아 올라가고 꽃도 피울 수 있는 자리 이만큼 지정해 줄 테니까 거기서만 살아. 싫다면 그냥 다 추방시켜 줄게. 그렇게 해서 앵두나무 우물가에 동네 처녀 바람나듯, 옥상 텃밭 한켠 앵두나무가 나팔꽃 타운이 되었다. 타운? 미안한 말이다. 마음 놓고 번성하는 지역도 아닌데 차라리 게토라고 하는 편이 낫겠다. 유럽 여러 도시에 유대인들을 모아놓고, 또는 가둬놓고 살게 했던 게토 말이다. 나팔꽃의 게토가 된 앵두나무.

앵두나무는 뭔 죄로? 나팔꽃 덩굴에 덮이면 앵두나무도 햇빛 다 못 받아 신음할 건 마찬가지인데? 어허, 내가 그렇게 앞뒤 없는 사람은 아니다. 사실은 앵두나무 고목이었다. 늙었어도 살아있는 나무를 말하는 고목古木이 아니라, 말라죽은 나무 고목枯木이었다. 아직도 그 앵두나무를 생각하면 마음이 아프다. 내가 지은, 어떤 죗값으로도 갚을 수 없는, 죄를 기억해야 한다. 앵두나무에게, 그리고 아버지에게 지은 죄. 앞뒤 없는 사람 아니라고 허세 떨지만, 사실은 앞뒤는 물론이요, 왼쪽 오른쪽도 없는 인간이 지은 죄.

엄마 아버지가 새 집을 짓고, 옥상 한켠에 벽돌 쌓아 텃밭을 만들고 몇 해째였을까? 어느 해 봄, 집에 가니 아버지가 자랑스럽게 앵두나무를 보여주셨다. 지팡이 짚고 종로5가 묘목상에 가서 사왔다고, 이제 봄마다 앵두꽃 볼 수 있다고, 여름이면 앵두도 따먹게 될 거라고. 열 손가락으로 셀 수 있을 만큼 조금 열렸던 앵두 열매의 맛이 어땠는지는 잘 기억이 나지 않는다. 하지만 앵두꽃은 확실히 기억할 수 있다. 깻묵 거름, 한약재 거름 먹고 잘 컸던 앵두나무. 봄 밤이면 정말 불 밝힌 듯이 옥상 한켠에서 환하게 빛나던 앵두나무. 앵두나무 우물가에서 왜 동네 처녀가 바람이 나는지 알 것 같았던 앵두나무. 매화나 벚꽃이나 복사꽃과는 다른 앵두꽃만의 스타일과 엣지와 센스가 있었었다.

앵두나무를 자랑하시던 아버지의 표정이 어렴풋이 기억난다. 아버지 얼굴도 앵두꽃 무리지어 피어나 나온 빛처럼 환했다. 그건 어쩌면 아버지 나름의 기념 식수였을 것이다. 밀항자처럼 서울에 올라와 달동네 살이 하다가, 달동네는 못 떠났어도 마침내 번듯한 새 집 하나는 지어 올렸다는 자부심으로 나무 하나 심으셨던 것일까? 고향 떠나 서울로 올라온 뒤, 아버지는 얼마나 오래 꿈꾸셨을까, 나무 한 그루 심을 마당이 있는 집을. 남들처럼 잘생긴 소나무 심을 마당은 없어도, 그래도 앵두나무 하나 심을 옥상 텃밭은 있다, 이놈들아, 나 무시하지 말아라!

앵두나무 기념 식수까지 했던 그 집에서 아버지는 채 10년을 못 사셨다. 생애 마지막 3년을 노인 병원 병실에서 보내다 가셨다. 병원에 가면 아버지는 가끔씩 앵두나무의 안부를 묻곤 하셨다. 몇 해만 더 잘 키우면 앵두 잘 열릴 거라고, 때 놓치지 말고 따먹으라고 당부하시기도 했다. 아버지에게 사실을 말씀드리지 못했다. 병실에 누워 계시면서도 아들이 여행 좀 하고 오겠노라고 간청했을 때, 오냐, 어서 갔다 오거라, 엄마 때문에 5년이나 고생했는데 어서 다녀 오거라, 애비 걱정은 하지 말고 다닐 만큼 다니다 오거라, 보내주셨던 아버지였다.

그런 아버지에게 나 여행 다닌 동안에 앵두나무도 먼 길 덩달아 떠났다

는 소식을 전할 수는 없었다. 병실에 누워서까지 잘 키워달라고 부탁하시던 그 앵두나무가 죽었다는 소식을, 병에 걸려 죽은 것도 아니고 말라죽었다는 소식을 뚫린 입이라고 어떻게 이실직고하겠는가. 말라죽은 앵두나무를 한동안 뽑아내지 못했다. 볼 때마다 마음이 아팠고, 죄책감과 자괴감이 몸을 휘감았지만, 아버지가 살아계신 동안에는 내 손으로 그 앵두나무를 뽑아낼 수 없었다.

그렇게 해서 말라죽은 앵두나무가 나팔꽃의 영토가 되었다. 물론 나팔꽃 덩굴은 아주 신이 나서 앵두나무를 감아 올라갔고, 아침마다 아침의 영광 노래를 불러댔다. 죽은 앵두나무가 나팔꽃의 집이 되어주었다. 꼭 아버지와 나처럼.

아버지가 아직 살아계셨을 때, 죽은 앵두나무와 산 나팔꽃의 동행을 보면서 착잡했다. 삶의 그늘과 빛이 거기 있었다. 살아 빛나는 나팔꽃을 향한 경탄, 그리고 타인을 발판삼아야 성장할 수 있는 나팔꽃에 대한 경멸이 내 마음에 동시에 존재했다. 그렇게 해서라도 살아야 하는 나팔꽃에 대한 연민과 묵묵히 말라죽은 몸뚱어리 전부 내어주는 앵두나무에 대한 감사가 교차했다. 앵두나무 아버지, 나팔꽃 아들……

무릎 높이도 못 오는 알량한 옥상 텃밭 흙에서도 악착같이 꽃을 피우고 열매를 열었던 아버지. 타고 올라가기 좋은 발판 생겼다고 신나게 무임승차를 즐겼던 아들. 어쩌랴, 세상의 많은 아버지와 아들이 다 그렇게 사는지도 모른다. 그래도 나팔꽃이 활짝 피어나면 죽은 앵두나무도 함께 기뻐했을 거라고 믿는다, 믿고 싶다.

아버지가 돌아가시고 나서 죽은 앵두나무를 뽑아냈다. 한번 씨앗을 터뜨린 나팔꽃은 이제 해마다 텃밭 여기저기는 물론이고 사방의 화분에서도 싹을 틔운다. 심지어는 죽은 가지들 모아놓은 무더기에서도 피어난다. 물론 나팔꽃의 행진을 그대로 둘 수는 없다. 이제는 눈에 띄는 대로 새 싹 돋을 때마다 뽑아낸다. 한때 허락받은 이주민이었다가 이제는 불법체류자 신분으로 전락한 나팔꽃에게 미안하다. 내 옥상 정원은 정원이지 야생의 들판이 아니니 어쩌는가. 죽은 앵두나무 뽑아내고 나팔꽃 시든 덩굴도 다 걷어낸 게 언젠데 아직도 봄이면 어김없이 돋아나는 나팔꽃 새싹들을 보면 경이롭다. 저 녀석들이 앵두나무에 빌붙어 피더니 울 아버지 피를 이어받았나? 그래서 저렇게 악착같이 살아남아서 꽃을 피우나? 그런 생각이 들 정도로……

아, 그리고 나도 두어 해 전 드디어 앵두나무를 심었다! 넓은 정원을 가진 춘천의 친구가 자기 앵두나무에서 떨어진 앵두에서 싹튼 앵두 애기나무를 선물했다. 아버지의 앵두나무가 있던 자리 건너편 자리에 심었다. 내 앵두나무 잘 자란다. 몇 해가 지나야 앵두꽃을 보여줄지 누가 알겠냐마는, 열심히 자라는 앵두나무 이파리들 볼 때마다 아버지 생각이 난다. 아버지, 죄송해요. 아버지의 앵두나무, 지키지도 못했고, 제 잘못으로 죽인 것도 끝내 말씀드리지 못했죠. 아버지 생각하면서 앵두나무 다시 심었어요. 이번엔 잘 키워볼게요. 앵두꽃 환하게 피면 아버지도 환하게 웃으시겠죠? 앵두가 열리면 아버지도 맛보시겠죠?

그해 오월의 제비꽃 다발

군대에 갔다가 돌아온 4학년 남학생들을 '복사꽃'이라 불렀다. 복학한 4학년. 지금도 그런 말이 남아 있을까? 학교를 떠난 지 이미 까마득히 오래되었다. 친구들은 어쩌면 그리도 한결같이 이른바 '기지 바지'(정장 바지를 그렇게 불렀다)에 정장 구두를 신고 학교에 나타났던 것일까? 군대를 갔다 오면 '어른'이 되었다고 인정받는 시절이었다. 어른이 되었으니 청바지나 면바지는 그만 입고 운동화도 그만 신어라! 어른으로서 양복과 정장 구두라는 규격화된, 정해진 삶을 살라는 지엄한 명령이었다. 복사꽃들은 군대에서 배운 대로 명령에 복종했다.

악착같이 청바지에 운동화를 신고 싶었던, '미운 오리새끼' 같은 복사꽃 내게 대학의 마지막 학년은 조금 외로웠다. 아니, 사실 많이 외로웠다. 몇 되지 않았던 마음 맞는 친구들은 모두 학교를 떠나버리고 없었고, 전공 과목은 재미없었고, 목전에 다가온 취업 시험 준비는 지겨웠다. 군대에 갔다 왔대봤자 겨우 스물 대여섯 살밖에 안 먹은 얼라들이 왜 그리 노숙한 티를 내며 살아야 했을까? 어린 왕자도 아닌 주제에 나는 왜 그렇게 양복 바지와 정장 구두가 몸서리치게 싫었을까? 남색, 갈색, 회색, 검정. 그 어두운 색깔들이 왜 그렇게 참을 수 없이 싫었을까? 시장통에서 어쩌다 빨간 운동화가 눈에 띄어 그걸 사 신고 학교에 갔던 날, 어느 친구가 했던 말이 기억난다. "병준아, 그렇게 튀고 싶냐? 너 피터 팬 신드롬 걸린 거 아니냐?"

어쩌면 그 외로움 때문이었을 게다. 친구들이 취업 준비에 매달리고, 학점 따기 쉬운 실용 과목에 매달리고 있을 때, 나는 미친놈처럼 불문학 수업에 매달렸다. 참고로 내 전공은 신문방송학이었고, 불문학과 내 희망 직업 사이의 거리는 한국과 프랑스 사이의 거리만큼이나 멀었다. 쓸모없는 것에 대한 열정이라니! 내 인생을 관통해 내 인생을 망친 주범이다. 아무튼 4학년 봄학기에 나는 무려 세 개의 불문학 과목을 들었다. 불문학 비평론, 불어 소설 강독, 불어 희곡 강독. 그 중 두 과목을 한 교수님이 맡았다.

학교를 졸업하고 딱 한 번 인사를 드리러 갔을 뿐이다. 하지만 지금도 그분께 감사한다. 대학 4년 동안 내가 가장 신나게 공부했던 과목들이었기에. 이미 30년 가까이 세월이 흘렀으니 그분도 이제는 더 이상 젊은 교수가 아니겠지만, 그해 봄, 그분은 아직 '젊은' 교수였고, 넘치는 열정으로 수업을 이끌어갔다. 이제는 간단한 불어 단어조차 잊어버렸지만, 그때 나는 전공을 불문학으로 선택하지 못한 것을 후회할 정도였다. 학생으로서 '좋아할 만큼 멋진' 선생을 갖게 되는 것처럼 감사해야 할 일이 또 있을까? 나는 없다고 믿는다.

중간고사가 끝나고 눈부신 5월이 왔다. 당연히 스승의 날이 찾아왔다. 복사꽃이라 불렀지만 사실은 이미 음습한 그늘의 어두운 색 버섯을 닮았던 복사꽃들은 물론 당연히 전공 교수님들을 모시는 사은의 자리를 준비했다. 하지만 그때 내가 정말로 스승의 날 선물을 해드리고 싶었던 분은, 내게 불문학의 아름다운 신세계를 보여준 그 선생님뿐이었다. 그러나, 내 주머니는 가벼웠고, 수업을 들을 뿐 전공 제자도 아니면서 불쑥 스승의 날 선물을 내밀 수 있을 만큼의 숫기가 내겐 없었다.

그날은 계절의 여왕 5월의 딱 중간 날답게 화창했고 아름다웠다. 불문학 수업 전 비는 시간에 나는 학교 뒷산에 올랐다. 나무들 사이를 걷다가 무더기로 피어난 보라색 제비꽃을 보았다. 도대체 어떻게 그런 생각이 머리에 떠올랐는지, 나는 지금도 얼굴이 화끈거린다. 군대까지 갔다 온 남학생이 보라색 제비꽃, 그 작고 연약한 꽃을 한 줌 꺾어서, 그걸 포장하겠노라고 담뱃갑에서 벗긴 셀로판지로 싸고, 풀줄기로 묶어 교실 문으로 들어서는 광경을 상상해 보라.

그 웃기는 포장을 하느라고 수업종이 치기 직전에야 겨우 교실에 들어갔고, 가까스로 교수님이 교실에 들어오기 전에 교탁 위에 그 한심하고 초라한 꽃다발을 얹어놓을 수 있었다. 하지만 이미 교실에는 불문과 학생들이 다 들어와 있었다. 그 시절 어느 대학이나 마찬가지였지만, 불문과야말로 여학생들의 천국이었다. 수업을 같이 들었던 그 불문과 여학생들의 따가운 시선이라니!

마침내 교수님이 교실로 들어오셨다. 출석부를 교탁에 내려놓으시려다, 내가 올려놓은 제비꽃 '다발'을 보셨다. 얼굴 가득 웃음을 짓고 나서 교수님이 "누구예요?"라고 물었다. 스무 명 남짓한 학생들의 시선이 몽땅 내게로 쏠렸다. 그때 아마 내 얼굴은 붉어지다 못해 제비꽃처럼 보라색으로 변하지 않았을까? "정말 고마워요. 메르씨Merci! 그런데 담배 냄새가 좀 나네요. 하하하."

지금으로부터 30년 전 봄날에 있었던 일. 대학 시절은 이제 아주 까마득한 옛날이 되어버렸다. 그런데 참 이상하다. 길을 걷다 제비꽃을 보면 30년 전의 그날이 꼭 어제처럼 떠오르곤 한다. 맞다. 제비꽃 덕분이다. 해마다 봄이 되면 산에, 들에, 심지어 도시 한복판의 콘크리트 틈새에까지, 여기저기 수줍게 피어나는 제비꽃들을 안 보려야 안 볼 수가 없지 않은가. 그러니 최소한 1년에 한 번은 30년 전의 그날을 기억할 수밖에 없다.

교수님은 나를 기억하실까? 30년 전 그 봄날에 교탁 위에 놓여 있던 제비꽃 다발, 그 담뱃갑 셀로판지의 냄새를 기억하실까? 그 제비꽃 다발 사건 이후 두어 번쯤 연구실로 찾아가 커피를 얻어 마셨던, 불문과 학생도 아니면서 열심히 불문학 과목을 듣던 남학생을 기억하고 계실까? 무슨 상관이랴. 내게 이렇게 행복한 기억으로 남아 있으니, 충분히 감사할 일이지. 그때 나는 젊었고, 그 초라한 선물일망정 감사의 선물을 드리고 싶은 스승이 있었으니, 내 젊은 날은 충분히 아름다웠다.

선생님, 감사합니다. 담배 냄새 나는 제비꽃 다발에 환히 웃어주셔서 고맙습니다. 선생님은 아마 모르셨겠지만, 그 제비꽃 다발이 그 봄날에 저를 우울의 늪에서 건져올렸답니다. 무채색 양복 바지와 검정 구두로 예약된 미래가 무섭고 서러웠던 피터 팬 증후군 환자에게, 그 눈부신 5월의 제비꽃은 얼마나 큰 위로였던지요. 초등학생이 했다면 칭찬받았을 그 '튀어도 너무 튀는' 한심한 짓거리에 고맙다고 말씀해 주셔서 얼마나 좋았던지요.

프루스트가 마들렌 과자 냄새에서 시작해《잃어버린 시간을 찾아서》를 써나갔듯이, 저도 제비꽃의 그 보라색을 보면 자꾸 스물다섯 살, 그 오래전에 잃어버린 시간을 찾아 나서게 됩니다.

30년 전 그 5월 스승의 날처럼 학교 뒷산에서 제비꽃 꺾어 담뱃갑 셀로판지로 포장해 선생님 찾아뵈면, 참 웃기고 어처구니없는 늙다리 아저씨의 코미디겠죠? 한 번쯤 그런 미친 짓 하고 싶어지는 걸 보니 또 봄이라고 회춘한 걸까요? 하하하.

그래도
봄이라고

눈물겹다.

눈물겨워지고 싶다.

눈물 몇 방울이라도 뿌려주고 싶다.

저 알량한 틈바구니에 무슨 양분이 있다고,

물이 얼마나 스며든다고,

어린 것들은 봄이라고 돋아난다.

그래도 봄이라고.

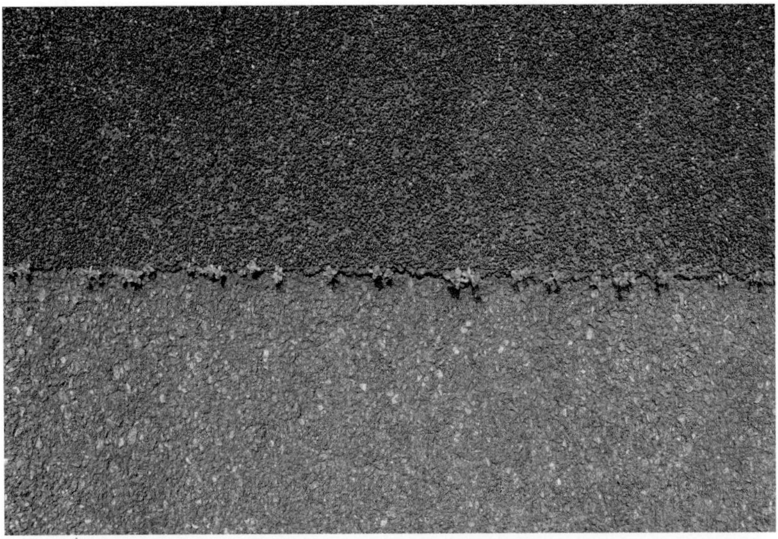

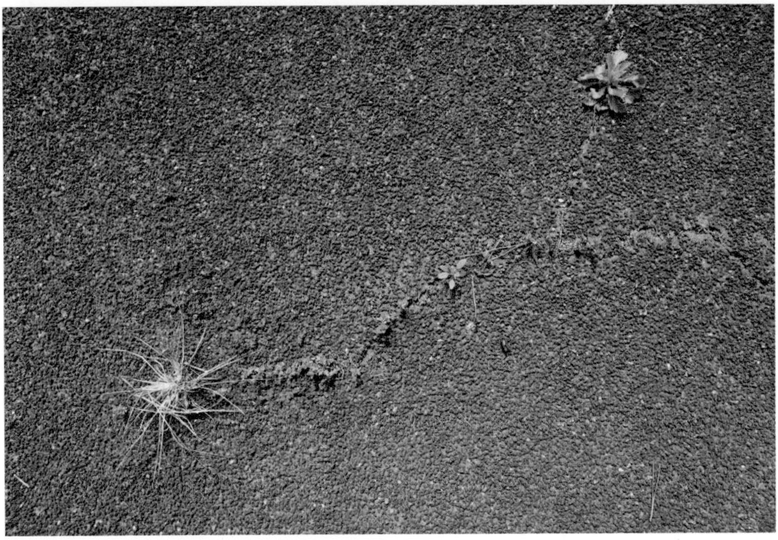

아기 욕조,
포대화상,
작은 배

어느 해, 아기가 다 컸는지 어느 집에서 아기 욕조를 집밖에 내놓았더라. 우리 집에 애기들 많으니까 가져갈게요! 마음으로 인사하고 얼른 집어 들고 옥상으로 올라왔다. 마개도 여전히 튼튼해 물을 채워도 새지 않더라. 대박! 바닥에 흙 깔고 연뿌리 사다 심었다. 부레옥잠이나 몇 뿌리 사다 넣을 생각이었는데 수생식물 전문 상점 주인아줌마의 감언이설에 넘어가 덜컥 연근을 사고 말았다. 아기 욕조에 물을 가득 채울 때 내 마음엔 의심도 가득 채워졌다. 설마 이 좁고 얕은 아기 욕조에서 연꽃이 피겠어? 의심 옆에서 배시시 소망도 꼽사리 끼어 물에 들어갔다. 연꽃은 못 봐도 상관없어. 연잎만 보면 더 바랄 게 없어.

그래서 어떻게 되었느냐 하면, 연잎이 욕조를 덮을 만큼 자랐다! 재활용 플라스틱으로 버려졌다가 콘크리트 옥상에 업혀온 플라스틱 아기 욕조가 연못으로 환생했다는 걸 상상할 수 있는가? 믿을 수 있는가? 여기 그 증거를 보여주마.

포대화상布袋和尙을 알고 있는지? 절에 가면 자주 보이는 그 배불뚝이 아저씨다. 미륵보살의 현신으로까지 추앙받는 고승에게 배불뚝이 아저씨라고 불렀으니 한바탕 혼이 나려나? 그럴 분이 아니다. 언제 태어난 지 아무도 모르고, 10세기 초에 죽었으리라 짐작한다는 이 고승은 늘 포대자루를 가지고 집도 절도 없이 다니면서 동냥받은 것, 시주받은 것들을 죄다 그 포대에 담았단다. 그래서 성도 없고 이름도 없이 포대라고 불렸단다. 아마도 그 포대에 담긴 것들을 어려운 중생들에게 베풀었으리라. 그러니 미륵의 현신이라고 존경받고 사랑받았겠지. 그러다가 이재에 밝은 중국인들답게 재복의 신으로 모시게 되었을 테지.

뜬금없이 포대화상 얘기는 뭐냐고? 아기 욕조가 꼭 포대화상의 포대 같기 때문이다. 배불뚝이 산타 할아버지의 선물 보따리에서 끝도 없이 선물이 쏟아져 나오듯, 포대화상의 동냥자루에서도 배고픈 아이들을 위한 떡이 나왔고 헐벗은 아이들을 위한 옷이 나왔을 것이다. 내 집에 업둥이로 들어온 아기 욕조도 그랬다. 첫 해엔 포대화상의 배만큼이나 크고 아름다운 연잎을 풍성하게 키웠다.

연잎만 보고는 또 몇 달 떠돌다 돌아온 바람에 연꽃은 끝내 보지 못했다. 흙이 얕으니 겨울엔 연근 건져내 신문지에 잘 싸서 보관했다면 이듬해에 또 연잎 볼 수 있었을 텐데 무지했던 탓에, 그리고 게을렀던 탓에 그냥 내버려뒀다. 물 다 빼내고 흙도 따로 퍼냈다면 아기 욕조도 몇 해 더 사용할 수 있었을 텐데 겨울 동안 마개 부분이 얼어 깨져버렸다. 더 이상 물을 채울 수 없었다. 하지만 아기 욕조의 선업善業은 거기서 끝나지 않았다. 물이 샜지만, 그건 또 뭘 심어도 물이 잘 빠진다는 얘기도 되었다. 그래서 무엇을 심었느냐? 고구마를 심었다.

코미디 아니냐고, 상추 깻잎도 아니고 고구마를 밑 깨진 플라스틱 아기 욕조에 심는 사람이 정상이냐고 혀를 찬대도, 핀잔을 준대도 할 말은 별로 없다. 인생에 가끔 코미디도 끼어들고 정신 나간 짓도 끼어들어야 재미지지 않은가. 누구 못 살게 하는 것도 아니고, 어쨌든 살리는 일인데 좀 웃기면 어떤가 말이다.

겨울에 여동생이 시어른들께서 키운 고구마를 오빠도 맛보라며 건네주었다. 몇 번 잘 쪄서도 먹고, 카레에 넣어 먹기도 했는데 날 따뜻해지면서 잠시 잊어버렸다. 어느 날 출출해서, 아, 고구마 남아 있었지, 비닐봉지를 열었더니, 아이고, 죄다 보랏빛 싹이 나 있더라. 그걸 먹어도 좋은지 어쩐지는 도통 모르겠더라. 그래서 퇴비나 하자고 잡초랑 시든 가지랑 모아두는 더미에 던졌다. 그리고 얼마 후에 보니 흙도 없는 거기서 고구마 새싹 줄기들이 악착같이 삐져나오더라. 짠하기도 해라. 살려고 나온 놈들을 그대로 둘 수는 없어 아기 욕조에 옮겨 담고 고구마가 다 덮일 만큼 흙도 채웠다.

연잎 보고 부푼 가슴, 고구마 순 보고 또 부풀었다. 욕조 속에 정말 고구마가 콩알만 하게라도 열렸을까? 가을이 깊어지면, 어느 볕 좋은 날, 고구마 잎이 다 시들면, 그때 알게 되겠지. 포대화상 배마냥 내 마음도 넉넉해졌다. 고구마 한 톨도 안 열렸으면 또 어떠랴. 옥상 한켠 시원하게 그늘지게 해준 것만도 얼마나 고마운데. 죽지 않고 살아줘서 그것만도 얼마나 대견한데……

또 한 번 무지와 게으름 탓에 고구마를 수확하진 못했다. 그 알량한 흙에서 고구마가 주렁주렁 나올 거라곤 물론 나도 기대하지 않았다. 문제는 내가 평생 한 번도 고구마를 심어보지 않았다는 것이었다. 고구마 순을 하나하나 잘라 그걸 심어야 한다는 걸 내가 어찌 알 수 있었겠는가. 그래도 고구마 줄기만큼은 또 포대화상 배만큼이나 잘 퍼졌다. 또 증거를 보여주랴?

아기 욕조의 세 번째 환생은 단호박밭이었다. 단호박 씨앗들에서 싹튼 떡잎들을 옮겨 심었다. 비록 단호박은 포대화상의 배처럼 크게 자라진 못했지만, 적어도 단호박 잎들만큼은 그 앞전 해의 연잎들만큼이나 크고 아름다웠다. 욕조를 넘어 옥상 바닥으로 퍼졌고, 담장을 타고 넘기도 했다. 노란 단호박꽃이 피어나자 벌들이 부지런히 날아왔다. 그리고 정말 거짓말처럼 단호박이 열렸다. 자, 증거 여기 있다. 비포 & 애프터!

연못으로, 고구마밭으로, 단호박밭으로, 아기 욕조는 환생을 이어갔다. 하얗던 아기 욕조의 색도 자외선에 시달려 누렇게 변해갔고, 비바람 고스란히 맞으며 여기저기 흠집투성이가 되었다. 네 번째 아기 욕조의 환생은 국화밭이었다. 조그만 화분에 담겨 미니 국화라고 팔던 녀석들을 텃밭에 옮겼더니 한 해 노란색, 연두색, 주황색으로 잘 피어주었다. 겨울엔 말라 죽은 듯 보였다가 봄이면 또 새 줄기를 올리고 꽃을 피웠다. 그러더니 미니 국화는 어디로 가고 키 껑충 큰 그냥 국화가 되어버렸다. 자꾸 옆으로

파고드는 부추와 경쟁하느라 애들이 비실비실해지는 것 같았다. 다시 봄이 왔을 때 새 싹 나온 국화를 아기 욕조로 옮겨 심었다. 좀 휑해 보여 파프리카 먹고 난 씨앗들도 뿌려줬다.

여름이 슬슬 물러갈 조짐이 바람으로 부는구나, 싶었던 날이었다. 가을이 오는구나, 조금 스산한 기분으로 옥상에 올라갔다가 또 대박 선물을 받았다. 당장 내일이라도 꽃망울들이 터질 듯이 국화 몽우리들이 크고 아름답게 무지지어 있었다. 흐린 날씨 탓이었을까, 선선한 바람 탓이었을까? 아기 욕조가 더 이상 포대자루로 보이지 않고 작은 배(舟)처럼 보였다. 세월이라는 강물 따라 흘러가는 작은 배. 매번 해 바뀔 때마다 다른 손님 싣고 또 다른 포구로 저어가는 작은 배. 어느새 나이 들어버린 아기 욕조가 조금 애잔하기도 했다. 그 늙은 아기 욕조에 몸 싣고 피어나는 국화들도 가여웠다. 오지랖 넓게 그 작은 배에 올라탔다. 뱃사공 노릇 한 번이라도 해주고 싶었다. 뱃노래 불러 그 고단한 아기 욕조의 윤회를 위로해 주고 싶었다. 국화들의 업보도 달래주고 싶었다.

국화들아, 배 타고 가을로 가을로 열심히 노 저어가는구나.
조금만 더 힘내라. 조금만 더 노 저어라.
벌써 가을만灣에 들어왔다.
겨울 포구도 멀지 않았다.
너희들 환하게 피는 날엔 친구들 불러
향기로운 국화주는 없어도 쓴 소주라도 마시며
가을놀이 해볼란다.
국화야, 아기 욕조야, 너희들이나 나나

우리 모두 생의 뱃사공이며 승객들이 아니더냐.

조금만 더 힘내라, 조금만 더 노 저어라……

아기 욕조는 그 후 어떻게 되었느냐고? 올해는 돌단풍과 범부채와 라벤더를 싣고 윤회의 강물 흘러가고 있다. 언젠가는 세월 따라 아기 욕조도 옥상을 떠나고, 그 파란만장한 환생도 마치게 되리라. 세상에 영원한 것이 어디 있는가? 더 이상은 재활용 플라스틱으로도 수거해 가지 못할 만큼 부서지고 깨질 날이 오겠지. 더 이상은 포대화상의 화신으로 살지 못하고, 작은 배로도 흘러가지 못할 날이 오겠지. 그날이 오면 세상의 중생 모두 이미 극락에 도착해 있으려나? 포대화상도 미륵불의 모습으로 그 극락왕생한 중생들을 맞아주려나? 그날이 올 때까지 아기 욕조는 환생하고 또 환생하겠지.

골목길 홍치마
상추밭 다라이

규석이 아줌마. 50년 이웃으로 살아왔는데 나는 아직 아주머니의 성함을 알지 못한다. 그러고 보니 엄마와 형님 동생 하며 살가웠던 이웃 아주머니들의 성함을 하나도 모르는구나. 언제나 그 집 첫째아이의 이름 뒤에 엄마가 붙은 호칭으로 불리며 살아온 우리네 엄마들…… 은미 엄마, 대성이 엄마, 규석이 엄마, 홍이 엄마, 병준이 엄마……

엄마의 이웃 친구들 중에 아직도 이 골목에 남은 분들은 몇 안 된다. 좁은 골목길, 낡고 작은 집을 떠나 다른 동네로 이사 갔거나, 아주 멀리 가셨다. 아직도 어쩌다 마주치면 나를 이름으로 부르며 말을 놓는, 코흘리개 시절부터 나를 봐오신 이웃 아주머니는 이제 정말 몇 분 안 된다. 규석이 아줌마는 그런 몇 안 되는 오래된 이웃이다. 50년이라니…… 반세기다. 참 오래도 함께 살았구나.

규석이 아줌마의 골목 상추밭. 내가 옥상 텃밭에 기르는 상추와는 비

교도 할 수 없게 튼실한 상추밭이다. 상추도 기르는 사람을 알아본다. 파종 시기를 놓치고 모종 사러 나가기도 귀찮을 땐 가끔 규석이 아줌마에게서 몇 포기 얻어다 키울 때도 있는데, 똑같은 씨앗에서 똑같은 고무 다라이에서 싹튼 상추인데도 규석이 아줌마의 상추와 내 상추는 때깔부터 다르다. 생명을 낳아 키워본, 이제 손주를 키우는 할머니의 손길과 평생 혼자 살아온 사내의 손길이 다름을 상추도 아는 거겠지.

골목길 보도블록 사이의 잡초들은 숱하게 사진으로 남겼는데, 한 번도 규석이 아줌마 사진을 찍어볼 생각을 못했다. 그 어린 시절부터 엄마의 이웃 동생으로 살며 나도 아들처럼 대해주셨던 규석이 아줌만데. 엄마가 떠나고 다른 엄마의 이웃 형님 동생들이 다 떠난 뒤에도 아직 그 자리에 남아 계셔서 얼마나 위로가 되는데, 얼마나 따뜻한데. 내 집 앞도 날마다 청소해 주시는 규석이 아줌만데. 내 집에 오는 모든 손님들에게 내 엄마처럼 반갑게 인사해 주시는 규석이 아줌만데.

이름 모를 잡초는 사진을 찍으면서, 그 오래된 인연의 얼굴을 한 번도 찍지 않았다는 게 도대체 말이 되는가. 익숙한 피사체의 함정. 언제나 그 자리에 그대로 있을 거라고 착각한다. 50년 동안 익숙했던 그 얼굴을 처음으로 내 카메라에 담았다. 내 엄마의 얼굴이 들어 있는 규석이 아줌마의 얼굴을.

아줌마, 좀 웃으세요!
웃어?

규석이 아줌마의 골목 상추밭이 오래 그 자리에 머물러 줬으면 좋겠다.

이 골목이 제발 사라지지 말고 이대로 남아줬으면 좋겠다. 상추가 자랄 수 있도록. 기억이 남을 수 있도록. 그리고 나도 기쁨으로 그 상추밭 보며 왔다 갔다 할 수 있도록. 상추 먹지 않아도 배부르게. 섬유질 풍부한 상추, 보기만 해도 똥이 잘 내려가게. 저 까만 푸들 똥꼬처럼 내 똥꼬도 보송보송 잘 마를 수 있게.

골목길 홍치마 상추밭, 누가 저 상추밭을 초라하다 비웃으려는가. 저리도 환한데. 저리도 고운데. 며칠 뒤 다시 규석이 아줌마를 만났다.

아줌마, 이번에 제 책 나와요. 저번에 찍은 아줌마 사진, 책에 넣어도 되죠?

나를? 괜찮아. 맘대로 혀. 그나저나 밥은 잘 먹고 댕기는겨?

자다가도
꽃을 보네

부추꽃이 피면 여름의 절정이 지났고 가을이 시작되었다고 보면 된다. 15년 이상 지켜본 사람의 말이니 믿어도 된다. 여름꽃은 다 스러지고 아직 가을꽃은 피기 전, 옥상을 하얀 별밭으로 만드는 부추꽃. 엄마꽃 부추꽃. 성질 급한 녀석들은 이미 꽃잎 떨구고 씨앗을 여물기 시작했다. 나처럼 게으른 녀석들은 이제 꽃잎을 열었고.

부추꽃 덕에 옥상은 온통 벌 천지다. 생태계니 뭐니 어려운 말 쓸 필요도 없다. 식물이 자라는 곳엔 무조건 곤충들이 찾아온다. 제아무리 삭막한 도심 한가운데라도 곤충들은 악착같이 찾아온다. 그 덕에 콘크리트 옥상에 심어진 부추꽃도 씨앗을 여물게 할 수 있다. 생태계는 그렇게 단순한 것이다. 그렇게 촘촘한 것이다. 그렇게 거대한 그물이다.

저 작은 부추꽃의 수술들이 보이는가? 이미 초록색으로 부풀기 시작한 씨방이 보이는가?

여전히 부추꽃을 보면 엄마 생각부터 난다. 엄마가 언제 저 녀석들을 심었는지도 모르는 무심한 아들이지만, 엄마 떠나고 10년이 넘었는데도 피고 또 피는 부추꽃을 보면, 가끔 새까맣게 몰려드는 벌레들에 파 먹혀 시들시들하다가도 악착같이 다시 생생해져서 끝내 다시 피어나고야 마는 부추꽃을 보면, 엄마가 어쩌면 아들더러 좀 보고 배우라는 마음으로 부추를 심고 떠났나 보다, 생각도 든다. 제발 좀 끼니 제때 챙겨먹어라. 제발 좀 일찍 자고 일찍 일어나라. 제발 좀 엄마 말 좀 들어라.

아이고, 엄마, 아직도 잔소리우? 내가 애유? 아들 나이가 몇 갠데!

니가 애지, 그럼 이놈아, 엄마 말 잘 들으면 자다가도 떡이 나온다고 하잖더냐.

그러네, 엄마 말이 맞네. 부추 잘 키웠더니 자다가도 꽃을 보네.

아, 빛이다!

빛에도 허기들 수 있다는 거, 혹시 아시는지? 영양실조 말고 빛실조도 있다는 거, 그것도 아시는지? 빛실조는 몰라도 된다. 내가 방금 만들어낸 말장난이니까. 아무튼 영양실조로 몸이 비쩍비쩍 마르듯, 빛실조에 걸리면 마음이 비틀비틀 흔들린다. 영국과 독일의 가을을 경험한 뒤로 나는 왜 영국과 독일 사람들 중에 무뚝뚝하고 음울한 사람이 많은지 그 이유를 알 것 같았다. 한국에서 태어난 걸 고마워하게 되었다. 사람은 날씨에 휘둘리는 동물이다.

그해 가을, 나는 정말 지독하게 빛실조증에 시달렸다. 내 몸이 그렇게나 식물성이라는 거, 누가 알았을까? 그해 가을을 나는 내 인생에서 가장 힘들었던 가을로 기억한다. 정말 지독히 비도 많이 내렸고, 거의 매일 "흐린 가을 하늘에 편지를 써"야 했던 날들이었다. 영국과 독일의 궂은 날씨 뺨치는 정도가 아니라 아예 싸다구를 날릴 정도의 가을이었다. 차라리 정말 편지라도 쓸 수 있었다면 조금 덜 힘들었으리라. 편지를 쓸 힘조

차 없는 날들이었다.

그러다가 정말 거짓말처럼 어느 하루, 맑은 하늘과 투명한 빛이 돌아와 주었다. 10월의 하늘이 맑아진 것을 두고 거짓말처럼! 이라는 사족을 다는 날이 오리라곤 상상도 못했다. 내 기억 속의 가을은 언제나 "가을 하늘 공활한데 높고 구름 없"는 하늘을 보여주었으니까. 아무튼 그 눈부셨던 하루를 맞으며 아침부터 중얼거렸다. 나갈 거야, 나가고 말 거야! 카메라 들고 나갈 거야! 어쩌다 날씨가 좋은 날이 오면 시내 한복판의 공원에서 홀렁홀렁 다 벗어재끼고 일광욕하는 독일 사람이 빙의된 양 대문을 나섰다.

그래서 아침부터 나갔느냐고? 쩝. 어쩌다 보니 오후 햇살이 비스듬해진 시간에야 집 밖으로 나섰다. 그 이유가 무엇이냐고 묻지 말아라. 기억도 안 나거니와, 기억해 봐야 마음만 아프다. 그냥 늦게라도 나갔으니 잘했다고 별 도장 두 개만 찍어줘라.

다 늦어서야 집을 나선 탓에, 골목길 여기저기 온갖 플라스틱 화분, 항아리, 스티로폼 박스에 심어진 가을꽃들 보고 감탄하다가, 보도블록 틈바구니에 돋아난 이름 모를 풀과 얘기하며 놀다가, 그 좋았던 10월의 가을 해가 저물어간다는 걸 알아차렸다. 아깝고 아까워라, 이 귀한 10월의 빛을 게으름 피우다가 다 놓쳤구나. 풀 죽어 집으로 돌아가는 길에 내 눈으로 보면서도 내 눈을 믿을 수 없었던 장면과 맞닥뜨렸다. 원수는 외나무다리에서 만나고, 헤어진 옛사랑은 좁은 골목길에서 만난다고 했던가? 헉, 숨이 멎었다.

거의 매일 그 길목을 지나다니면서도 한 번도 보지 못했다. 시멘트 덕지덕지 발려진 담벼락 틈바구니에 방아꽃이 피고 있는 줄을 몰랐다. 어떤 계절, 어떤 시간에는 빛이 저렇게 절묘하게 떨어진다는 것도 몰랐다. 방아꽃은 그걸 알고 그 자리에 뿌리를 내렸을까? 건너편 건물들 사이의 틈바구니로 햇빛이 저리 짧은 시간이라도 내려와 준다는 걸 알았을까? 그냥 저 방아꽃 녀석이 운이 좋았던 것이라고 해도 좋으리라. 그게 더 객관적이고 논리적인 설명이다. 객관? 논리? 다 개나 줘버리라고 해! 아니 개한테도 그리 못된 짓은 하면 안 된다. 말을 바꾸자. 객관, 논리 따위는 쓰레기통에나 줘라. 방아꽃이 생각이 없고 의지가 없을 거라고 무슨 근거로 자신 있게 얘기할 수 있는가?

해가 떨어질 때까지 악착같이 한 줌의 햇볕이라도 더 받을 수 있는 양지바른 자리에 뿌리내린 것, 그 햇볕으로 잎 키우고 연보라색 꽃도 피운 건 방아꽃의 의지였다. 없는 살림에도 악착같이 공부하고 악착같이 기술 배워서 제 앞가림 잘하고, 자식도 잘 키우는 성인으로 자란 달동네 아이들과 똑같이 장하다고 표창장 주어야 할 방아꽃의 의지였다. 당신, 내 말에 반박하고 싶은가? 저 눈물 나는 빛을 보면서도? 저 눈물 나도록 환한 방아꽃을 눈으로 보면서도?

어느 조물주가 세상을 창조하며 처음 한 말이 "빛이 있으라"였다던가? 그 빛이 조물주 보기에 좋았다던가? 왜 안 좋았겠는가. 우중충하고 축축했던 가을, 어느 하루 볕들었다고 얼마나 좋았는데. 그 볕에 까르르르 웃는 풀과 꽃들 보며 얼마나 무지막지하게 기쁘고 얼마나 크게 위로받았는데. 시멘트 쾅쾅쾅 퍼부어진 땅에서도 그렇게 악착같이 살아남는 꽃들, 풀들을 보며 얼마나 힘을 얻었는데. 그 녀석들을 제발 반의 반의 반의 반의 반만큼이라도 닮을 수 있다면 얼마나 좋을까?

벤자민의 가을

문득 궁금하다. 벤자민 고무나무, 그 열대산 나무에 '벤자민'이라는 이름이 붙은 건 어떤 연유에서일까? 그 나무를 처음 발견한 '서양인'의 이름을 붙인 것일까? 여기저기 인터넷을 훑어도 왜 벤자민인지는 찾을 수가 없다. 이제 고무나무를 떼고 그냥 벤자민으로 부르자. 라텍스 수액이 흘러나오는 건 맞지만, 벤자민은 우리가 아는 그 고무나무와는 아예 다른 식물이기도 하다. 인터넷을 뒤지다 알게 된 정보 하나를 선물한다. 고무나무는 영어로 'rubber tree'이고, 벤자민은 'weeping fig'이다. 눈물 흘리며 우는 무화과나무. 가지가 잘리면 흘러나오는 하얀 수액 때문에 붙은 이름일까, 아니면 잎 무성히 달린 가지가 아래로 늘어지는 모습을 고개 숙여 울먹이는 모습으로 해석한 이름일까?

벤자민에 그렇게 꽂혔던 이유는 도대체 뭘까? 그 수많은 관엽 식물 중에서 유독 벤자민이 나를 사로잡았다. 굳이 억지로 대답하자면, 벤자민이 내가 키울 수 있었던 가장 큰 실내 식물이었기 때문이다. 덧붙이자면, 그

무성한 잎들이 정글을 향한 내 갈증을 조금이나마 적셔주었기 때문일 수도 있다.

동숭동 옛집의 서쪽 방, 서향으로 난 쪽창 하나 달랑 있었던 내 청춘 시절의 방. 책장 하나, 앉은뱅이책상 하나, 그리고 두 사람이 누우면 꽉 찼던 그 좁은 방에 나는 자꾸 화분들을 들여놓았다. 녹색을 향한 식물성 그리움, 이미 그때부터 시작되었다. 어쩌면 유전자에 새겨져 있던 것인지도 모른다. 늦은 오후가 되어야 겨우 비스듬히 햇빛 들어오는 방에서 제대로 자랄 수 있는 식물은 많지 않았다. 음지에서도 버틸 수 있는 식물을 골라내는 지식도 내게 아직 없었다. 그리움과 사랑만 있었다. 사랑을 키워낼 지식 또는 지혜는 내게 없었다. 얼마나 많은 식물들이 내 좁은 방에서 시들어갔는가. 내 좁은 소가지로 얼마나 많은 사랑이 죽어갔는가.

서른 살이 되어 부모님의 집에서 달아날 수 있었다. 위성 도시의 집장수가 지은 단독 주택 2층이었다. 볕 잘 들어오는 남향집의 거실을 갖게 되었을 때, 나는 걸신들린 듯이 화분을 거실에 들이기 시작했다. 어느 날 첫째 누이동생의 애인이 인사 오겠다고 했다. 여친의 오빠를 처음 만나는 자리니 예비 손위 처남에게 잘 보이려 했겠지. 집들이 선물로 뭘 원하느냐고 여동생에게 물었단다. 예나 지금이나 나는 사양할 줄 모르는 철면피다. 작은 벤자민 화분을 하나 사오면 좋겠다고 말했다. 매제 후보는 내 예상을 깨고 커다란 벤자민 화분을 낑낑대며 들고 왔다. 뭘 이렇게나 큰 선물을 가져오셨나요, 말은 했지만 속으론 입이 찢어지게 웃었다. 여동생 둔 덕을 이제야 보는구나!

첫째 매제의 선물, 벤자민은 잘 자랐다. 10년 동안 잘 자랐다. 너무나

무성하게 가지를 뻗어 가끔 한 번씩은 무자비하게 가위질을 해줘야 했다. 집에 놀러 온 사람들은 그 벤자민과 주위에 놓인 수십 개의 화분을 보고 '정글'이라 표현하곤 했다. 정글을 향한 내 갈망은 그렇게 채워졌다.

30대 시절, 1년에 서너 달은 집을 비웠고, 그때마다 후배들에게 집을 맡기고 떠났다. 공짜로 사는 대가로 화분들에 물만 잊지 말고 주라고 부탁했다. 영어에 'green finger'라는 표현이 있다. 원예 취미라고 번역하면 된다. 어떤 사람은 녹색 손가락을 타고나지만, 어떤 사람은 그냥 살구색 손가락을 타고난다. 불행하게도 내가 집을 맡기고 떠난 후배들은 하나같이 녹색 손가락의 유전자를 타고나지 못한 종자들이었다. 여행을 마치고 돌아와서 작은 화분들이 다 목말라 죽은 채로 널브러진 모습을 여러 번 마주쳐야 했다. 그래도 또 시장에 가서 화분들을 사들였다. 끝없는 집착이요 소유욕이었다고 할 수밖에 없다. 그 10년 동안 벌어진 학살극의 와중에도 매제가 선물한 벤자민은 악착같이 살아남았다. 건기와 우기가 번갈아 온다는 걸 유전자로 알고 있는 녀석이기에 살아남았으리라.

마흔 줄에 접어들었을 때, 위성 도시 나의 정글 집을 떠나 엄마 아버지의 집으로 돌아와야 했다. 그 사이에 엄마 아버지는 동숭동의 낡은 달동네 기와집을 헐고, 3층짜리 다세대 주택을 지어 올렸다. 좋은 새 집 지어 겨우 다섯 해도 채 다 못 살고, 엄마 아버지는 1층의 작은 셋방으로 내려가야 했다. 휠체어 없이는 한 발자국도 움직일 수 없게 되어버린 엄마를 1층으로 내려 보내기 위해선 내가 살던 정글 집의 보증금을 빼야 했다.

그 정든 벤자민을 동숭동 집으로 실어올 수 없었다. 엄마 아버지의 3층 꼭대기 집에는 창문이 많아 해가 잘 드는 거실이 있었지만, 내 정글을 옮겨오기에는 작았다. 무엇보다 엄마 아버지의 집에는 살림살이가 꽉꽉 들어차 있었다. 비슷한 평수의 공간에 혼자 살며 거실을 화원으로 만드는 사치는 이제 포기해야 했다. 그리고 3층에는 이미 어머니의 벤자민이 있었다. 동네 이웃 아주머니에게 벤자민을 넘겼다. 그 벤자민, 아직도 살아있을까? 이웃 아주머니의 연립 주택도 헐리고 새 빌라가 들어선 지 오래다. 이웃 아주머니는 이사 갈 때 그 벤자민을 데리고 갔을까? 부질없는 집착이다. 떠나보낸 사랑은 잊어야 하는데 여전히 어찌 살고 있는지 궁금하다.

엄마의 벤자민, 참 무던하게도 잘 살아주었다. 엄마 병구완에 쓸 돈을 번답시고 정신 팔려 분갈이도 못해주었고, 골고루 햇빛 받도록 화분 돌려주지 못했어도, 그래도 건강하게 잘 살아주었다. 그런데 이상하기도 하지, 그 대견하도록 싱싱하게 잘 자라던 벤자민을 찍은 사진이 없다. 돈 번다고 아무리 정신이 없었기로서니 어떻게 그 벤자민 사진 한 장이 없을 수 있을까? 언제나 그 자리에 그대로 있을 거라고 생각했던 탓이겠지. 바보.

언제나 내 곁에 있을 거라고, 내가 집을 떠나도 언제나 돌아가면 그 자리에 있을 거라고 믿었던 엄마와 아버지가 어느 날 떠났듯이 엄마의 벤자민도 결국 동숭동 집을 떠났다. 엄마를 떠나보내고 아버지도 떠나보낸 뒤, 아주 긴 여행을 나도 떠났다. 또 후배들에게 집을 맡겼다. 다른 건 몰라도 화분들에 물 주는 것만 잊지 말아달라고 신신당부했다. 열한 달 만에 집에 돌아왔을 때 나를 맞은 건 이미 말라죽은 벤자민이었다.

엄마의 추억이 있는 벤자민이라 많이 서글펐다. 하지만 이미 지나간 일이다. 그리고 운명이다. 벤자민의 운명, 나의 운명. 엄마가 날짜를 세어가며 내가 서울로 돌아올 날을 기다린다는 걸 알면서도 단 하루라도 더 길 위를 떠돌기를 욕망했던 것도 내 운명이다. 엄마의 벤자민이 돌아오지 않는 나를 기다리다가 생을 마친 것도 벤자민의 운명이다. 돌이킬 수 없는 일에는 운명이라고 체념해도 된다. 후회와 반성으로 해결할 수 없는 일에는 때론 체념이 건강한 삶의 방식이 된다.

엄마는 떠났지만, 엄마의 벤자민은 아직 살아있던 어느 가을날, 무슨 심사에서였는지 벤자민의 그림자를 찍었다. 그리고 마른 잎을 찍었다. 그 사진 아래에다 이런 글을 끼적였다.

별 받지 못하는 가지 하나가 시들어 죽는다.
가을이다. 빛이 비스듬히 떨어진다.
그 덕에 여름에 볕들지 않던 자리에까지 빛이 떨어진다.
늘 푸른 열대 식물 벤자민에 낙엽이 생긴다.
푸른 잎도 잘만 떨구는 벤자민인데 저렇게 바짝 마른 잎들을
여전히 매달고 있는 까닭은 또 무엇일까.
저렇게 따스한 가을 빛 한 번 제대로 쬐어주고 싶어서였을까.

무슨 심사에서? 에고, 그저 가을 탔던 거겠지, 달리 뭔 심사였겠는가. 열대의 나라에서 건너온 상록수, 그 늘푸름에 질투가 나서 푸른 잎은 안 찍고 그림자만, 말라죽은 잎만 찍은 거겠지 뭐. 그래도 다행이다. 그나마 엄마의 벤자민을 기억할 수 있는 사진 두어 장은 남아 있으니 말이다. 작은 벤자민 하나 다시 들여와 키워볼거나? 아서라, 말아라. 볕 잘 들고 바람 잘 통하고 비 맞을 수 있는 옥상 정원이 이미 정글인데 무슨 욕심을 또 부리느냐. 그만큼 나이 먹었으면 이제 욕심 내려놓는 법도 조금은 배워야 쓰지 않겠느냐. 그래도 작은 놈으로 하나만 들이면 안 될거나? 다음 번 집을 맡길 땐 녹색 손가락 확실히 가진 친구를 찾을 수도 있을 텐데?

겨울을
건너는 법

그해 겨울, 참 많이 추웠다. 원 웨이 티켓. 다시 옛날처럼, 돌아올 기약 없이 떠돌다 돈 떨어지면, 여행이 지겨워지면 돌아온다고 떠났던 긴 여행에서 막 돌아오니 겨울이었다. 여행을 시작할 때만 해도 절대 겨울엔 돌아오지 않을 거라고 마음먹었다. 적어도 꽃피는 봄에 돌아오리라. 엄마 아버지 다 잘 보내드렸으니 이제 내 인생에는 더 이상 날 묶는 사슬 같은 거 없다, 호기롭게 선언하며 달팽이보다 굼벵이보다 더 느린 여행자로 흘러 다녔다. 1년은 기본이고, 어쩌면 2년이 될 수도 있다고. 50년 그럭저럭 잘 살아왔으니 그 정도 보상은 스스로 해줘도 된다고 믿었다.

다시 무책임해지고 싶었다. 책임감 없는 병준 씨, 내 젊은 날의 별명을 되찾고 싶었다. 그런데 아뿔싸! 나도 별수 없는 조선 남자였다. 네팔 카트만두에서 아버지 제삿날이라고 호박전 부치고, 시금치 무치고, 버팔로 고기 무국 끓여 제사 지내는 나라는 남자. 네덜란드 아른헴에서는 소고기국에 대구 생선전, 참치 동그랑땡, 네덜란드 케이크로 엄마 제사 지내는 나라는 남자. 애오라지 오갈 데 없는 조선 남자였다.

어릴 때부터의 교육 탓이 크겠지만, 역시 나이 탓이라고 하는 게 맞다. 추석, 설날 아랑곳하지 않고 칠렐레 팔렐레 세상 떠돌아다니던 내가 여행길에서도 죽어라 엄마 아버지 제사를 챙기게 되다니. 어차피 결혼해서 대 이은 동생이 알아서 지내는 제사를 이국 만리에서 엉터리 제사 음식 만들어서라도 지내야 마음이 편해지게 되다니.

최소 1년이라고 호언장담했던 여행은 11개월 만에 끝났다. 엄마 제사 지내고 얼마 후에 날아온 동생의 문자 메시지가 그렇게 만들었다. 큰누나 수술했어. 전화라도 한번 해줘. 바로 여동생에게 전화를 넣었다. 큰 수술 아니라고 했다. 수술 잘 끝나고 회복실에서 쉬고 있다고 했다. 마음 쓸어내리고, 그래, 잘 지내라, 오빠 좀 더 다니다 돌아갈게 말하는 순간, 갑자기 여동생이 꺼억꺼억 울기 시작했다. 말도 없이 큰소리로 울기만 했다. 무슨 말을 할 수 있었겠는가. 그냥 전화기 붙들고 여동생의 통곡에 가까운 울음을 듣기만 하는 수밖에.

아무리 간단한 수술이었다고 해도 수술은 수술인데, 아무리 남편과 자식들이 있다고 해도 그 시간에 어떻게 엄마 아버지 생각이 안 났을까? 아무리 나이 먹어도 우리 모두 끝내 영혼 안에 어린아이가 남아 있는 법인데. 엄마 아버지가 안 계시면 오빠라도 있었으면 그 아프고 힘든 시간, 그래도 조금이나마 덜 외로웠을 텐데…… 철딱서니라곤 약에 쓰려고 찾아도 없는 오빠라는 인간아. 이 무책임한 인간아.

가족이라는 굴레, 가족이라는 짐. 팔자 도망 못 간다. 가족이야말로 결국 가장 근본적인 팔자, 가장 원초적인 운명이다. 젊은 시절의 아버지가 고향 진도에 자주 가지 않았던 건 먹고사는 문제 때문이기도 했지만, 나이 들어야 부모를 생각하고 조상을 생각하게 되는 경험 법칙의 문제 때문이기도 할 것이다. 나 역시 그 인생의 법칙에서 탈출하지 못한다. 1년을 못 채우고 돌아왔어도 괜찮았다. 큰여동생의 집에서 여동생이 차려준 집밥을 먹으며, 여동생의 얼굴에 피어난 안도의 웃음을 보면서(나 혼자 그렇게 느낀 걸까?) 마음이 편했다. 그놈의 오빠가 뭐라고……

아쉽게 접은 여행, 내 땅에서 내 땅의 친구들을 만나러 다니면 됐다. 발길이 고향 진도로 흘렀고, 아주 오랜만에 당숙모와 아버지 엄마의 고향 친구분들을 뵈었다. 그렇게 발길은 남녘의 바닷가로 이어졌고, 영광의 어느 외진 염전 근처에서 펜션 관리자로 살고 있는 길동무 아우네까지 흘러갔다.

사람 없는 추운 겨울 바닷가를 걷다가 풍경 하나를 만났다. 무슨 이유에서였는지 바닷가 뻘밭에 죽은 나무들이 서 있었다. 큰물에 휩쓸려 내려온 나무가 그 자리에 멈췄는지, 아니면 누군가 마을 주민이 일부러 갖다놓은 것인지, 일부러 그랬다면 도대체 뭘 위해서인지 내가 알 길은 없었다. 찬바람 불어 파도는 높고 을씨년스런 바닷가 뻘밭에 외로이 선 죽은 나무들, 마음까지 춥게 하는 풍경이었으므로 사진 한 컷 찍고는 지나쳤다. 한참을 걸어 펜션에 와서 그 뻘밭을 다시 바라보니 지독한 노을이 지고 있었다.

그 어떤 좋은 카메라를 들이대도 실루엣밖에는 나오지 않을 강렬한 겨울 햇살이 뻘밭을 융단 폭격하고 있었다. 그리고 그 풍경 안으로 사람 하나가 걸어 들어와 죽은 나무들 근처에서 뭔가를 건지고 있었다. 남자인지 여자인지도 알 수 없는 거리였다. 뭔가를 건져낸 사람이 다시 뻘밭을 가로질러 마을로 돌아갔다. 그때서야 그 사람이 여자임을 알았다. 작은 고무 다라를 머리에 이고 갔으므로.

왜 그 장면이 그렇게 마음을 움켜쥐고 놔주지 않았을까? 똑딱이 카메라의 광학 줌을 최대로 끌어당겨 찍은 탓에 노이즈 최악에 노출 최악까지 겹친 사진을 버리지 못한 것으로 모자라, 이렇게 사람들 앞에 내놓기까지 하는 건 도대체 무슨 이유인가? 시간이 많이 흐른 덕에 이제 조금 설명이 가능하다. 그 여인이 죽은 나무 근처에서 캐낸 것은 아마 어떤 먹을거리였으리라. 죽은 나무 둥치가 그 먹을거리를 모여들게 하는 어떤 역할을 했으리라.

그 춥고 쓸쓸했던 바닷가 뻘밭에서 그 순간만큼은 뜨거울 정도로 따스했다. 식구들의 반찬을 건져가는 어느 어머니의 모습, 그 어머니를 돕는

죽은 나무, 그 외롭고 힘든 생명과 그 외롭고 허무한 죽음을 모두 차별 없이 비추던 하루의 마지막 햇살. 그런 것들이 그 순간만큼은 나까지도 덜 외롭고 덜 춥게 만들어주었으리라.

겨울을 건너는 법, 별것 없다. 식구들끼리 모여 앉으면 된다. 아웅다웅 티격태격 싸울 때 싸우더라도, 다시는 보지 않을 원수가 된 것처럼 으르렁댈 때가 있더라도, 가족은 팔자라 도망 못 친다. 징해도, 웬수 같아도, 결국 서로 짊어지고 업혀가야 하는 가족…… 그렇게 하루하루 건너다 보면 끝나지 않을 것처럼 긴 겨울도 건너진다. 발 푹푹 빠지는 뻘밭도 건너진다.

백만 화소의 추억

내 첫 번째 디지털 카메라는 100만 화소짜리였다. 일고여덟 장을 찍으면 AA 건전지 네 개가 완전히 끝났다. 디지털 카메라의 초창기 물건일 거라고 추정한다. 100퍼센트 수동 필름 카메라만 쓰다가 디지털 카메라를 쓰니 정말로 신세계가 열리더라. 내가 초창기에 나온 디지털 카메라를 쓸 만큼 얼리어답터였냐고? 그랬다면 얼마나 좋겠냐마는, 아니올시다. 그걸 내게 선물한 아우는 그 알량한 100만 화소 카메라를 100만 원 넘게 주고 샀다던가. 후배는 이미 500만 화소가 넘는, 그러나 가격은 한참 내려간 신형 디지털 카메라를 쓰고 있다.

몇십만 원이면 살 수 있는 디지털 카메라를 살 수 없었던 시절이었다. 병들어 누운 엄마 앞으로 한 달에 몇백만 원이 들어가던 시절이었으니까. 슬라이드 필름조차 함부로 쓸 수 없던 시절이었다. 나는 아날로그 예찬자라고, 디지털 따위는 관심 없다고 뻥을 치기는 했지만, 갖고 싶었다. 그 놈의 블로그 때문에!

다른 블로거들처럼 나도 글과 사진을 함께 올리고 싶었다. 밥벌이를 넘어 약값벌이, 병원비벌이에 심신이 다 피폐해졌던 그때 옥상 정원을 가꾸기 시작했고, 그 이야기를 블로그에 올리기 시작했다. 그 블로그질이 그나마 피폐해진 내 정신이 쉴 수 있는 오아시스였다. 어여쁜 옥상 정원의 꽃들도 사진으로 올리고 싶었던 내 마음을 이해할 수 있는가. 그러니 어느 날 단비처럼 내게 디지털 카메라가 하늘에서 내려왔을 때, 내가 얼마나 기뻤는지도 이해할 수 있겠지.

옥상 정원의 꽃들은 기쁨의 비명을 질러댔다.

"저기 좀 봐! 우리 정원사 양반이 새 카메라를 마련했어! 이제 아저씨가 시도 때도 없이 우릴 보러 올라올 거야! 얘들아, 준비하자! 예쁘게 빛나자구!"

참 열심히도, 건전지 값 아까운 줄 모르고 꽃들을 찍었다. 지금 다시 보면 정말 엉성한 사진들이다. 조그만 단초점 렌즈에 그야말로 온오프 스위치와 셔터밖에 안 달린, 아주 원시적인 카메라로 찍은 사진들이 오죽하겠는가. 하지만 글만 올리다가 옥상에서 빛나는 내 보석 같은 꽃들을 함께 올리니 블로그가 아주 어마어마한 화보집으로 변신하는 것 같았다.

그 100만 화소 디지털 카메라가 없었다면? 그래도 나는 그렇게 열심히 블로그질을 하게 되었을까? 누가 역사의 가정법에 확실히 대답할 수 있으랴. '만약에?'라는 질문에 대답은 '아마도?'라는 되물음으로 갈 수밖에 없다. 확실하게 말할 수 있는 건, 그 100만 화소 디지털 카메라 덕분에 내 옥상 정원이 풍성해졌다는 것이다. 사진 찍어 블로그에 올리는 재미에 더 열심히 꽃들을 옥상으로 실어 날랐다는 얘기다.

길었던 엄마의 투병 생활이 마침내 끝나고 6년 만에 여행을 떠날 수 있었다. 엄마가 돌아가실 때 이미 아버지도 병원에 실려 가셨다가 결국 노인 병원에 모셔야 했다. 아픈 아버지를 동생들에게 떠맡기고 나는 여행을 떠났다. 천하의 불효자식이라고 욕먹어도 할 말 없다. 그래야 내가 살 수 있었으니까. 다시 아버지의 병원비를 벌기 위해서라도 나는 떠나야 했다. 그러지 못하면 죽을 것 같았다. 그 여행길에 나도 마침내 600만 화소짜리 괜찮은 디지털 카메라를 장만했다.

여행에서 돌아온 뒤, 카메라를 바꿨다. DSLR로. 1,200만 화소짜리였다. 그때까지 내가 인생에서 지불한 가장 고가의 물건이었다. 엄마의 병원비로는 한 달에 500만 원 이상을 1년 동안 쓴 적도 있었는데, 나를 위해서 그만큼의 돈을 써본 건 그때가 처음이었다. 참 애지중지 아끼고 아끼던 그 카메라를 겨우 4년 만에 인도의 기차 안에서 도둑맞았다. 때로 인생의 딴지걸이는 끝이 없다. 내 피 같은 DSLR은 지금 어느 인도인의 손에서 무엇을 찍고 있을까? 도둑맞은 김에 가볍게 살아볼까 생각도 했었다. 똑딱이로 찍으면 어때? 사진은 기계가 찍는 게 아니잖아? 사람이 찍는 거잖아? 미안하지만, 그렇지 않더라. 사진은 결국 기계의 힘을 빌려야 하는 작업이다. 디지털 시대에 들어오면서 사진의 품질은 카메라의 가격에 비례한다.

아, 물론 예외가 없지는 않다. 예를 들어 여러 해 전 사진전을 열었을 때 가장 많은 판매를 기록했던 건, 600만 화소짜리 카메라로 찍은 사진이었다. 그때 그 사진을 구매했던 사람들이여, 배신감을 느끼는가? 제발 그러지 말기를. 사진은 기계가 찍는 것이기도 하지만, 또 결국은 사람이 찍는 것이 아닌가? 조병준이 찍었기에 좋아서 사준 것이 아닌가? 600만 화소면 어떻고 2천만 화소면 어떤가? 사진만 좋으면 되지.

이제 나의 네 번째 카메라는 2,100만 화소짜리다. 그런데? 이 잘난 카메라 덕에 내 꽃들이 더 행복해졌을까? 아니! 부끄러워라. 100만 화소 카메라 시절보다 더 좋은 사진을 찍는다고 자신 있게 말할 수 없는 나. 그 시절만큼 자주 뷰파인더를 통해 옥상 정원을 들여다보지도 않는 나. 부끄러워라.

100만 화소 디지털 카메라를 내게 선물한 아우, 지금은 아주 먼 곳에, 100만 광년을 날아가도 갈 수 없는 곳에 있어 이 꽃천지 세상을 함께 볼 수 없다. 장현대, 나쁜 놈…… 사업 잘되면 DSLR 좋은 놈으로 사주마던 약속도 안 지키고 가버린 놈……

100만 화소의 추억? 아니다, 천만도, 천억도 아니다.

추억의 화소 수를 그 누가 셀 수 있는가.

2

발길 닿는 곳마다 꽃세상

시린 눈 아래
장미 씨앗이

아는 사람은 알고 모르는 사람은 모르는 나의 십팔번이 있으니, 술이 적당히 들어가고, 그 적절한 또는 부적절한 알코올과의 연애로 내 감정선이 야들야들 부들부들해지면, 마침 그때 기타 반주를 넣어줄 누군가가 있다면 금상첨화, 설상가상, 엎친 데 덮쳐 눈사태로, 눈밭에 꽃 피듯 노래 하나가 슬며시 싹을 틔운다. 그 노래의 이름, 〈The Rose〉.

외국어로 된 노래가 대부분 그러하지만, 번역해 부르면 아무래도 밋밋해지고 맹숭맹숭해지기 십상이다. 그래서 〈The Rose〉는 〈더 로즈〉로 불러야지, 〈장미〉로 부르면 뭔가 이상하다.

When the night has been too lonely
and the road has been too long
and you think that love is only for the lucky and the strong
just remember

in the winter far beneath the bitter snow
lies the seed that with the sun's love
in the spring becomes the rose

다른 구절들의 가사 또한 절창이지만, 역시 이 노래의 힘은 이 마지막 구절에서 나온다. 번역을 해볼까 한참을 궁리했는데 으아, 정말 미칠 노릇이다. 어떻게 해도 삼류 신파조 번역밖에 안 나온다. 끄응. 한동안 번역일로 먹고살기도 했는데 어떻게 노래 한 구절 번역이 이리도 힘들다는 말이냐. 삼류 신파조 번역이라도 여기 옮겨본다.

밤이 참 허구한 날 외롭기도 했고
참 주구장창 멀기도 먼 길 흘러왔는데
그런데도 사랑이란 거, 운 좋은 것들, 강한 것들만 할 수 있지,
그런 생각이 들 때 그래도 이것 하나만 기억하세나.
시린 눈 아래 깊은 땅 속에
씨앗이 누워 있다는 거 말일세
봄이 오면 햇님의 사랑 받아 장미로 피어날 씨앗이.

검색해 보면 다 나오겠지만, 이 노래는 영화 〈더 로즈〉의 주제가이고, 베트 미들러라는 가수 겸 배우가 부른 노래다. 여가수가 부른 노래니 좀 더 여성스럽게 번역해야 맞는데 내 멋대로 중늙은이 사내 품새로 번역했다. 허구한 날, 주구장창, 이런 부사는 물론 원래 가사에 없다. 외롭고 험한 인생 살다가 홀로 떠난 여주인공의 심사를 내 식대로 의역했다고 보면 된다. 의역도 너무 심하게 의역한 건가? 대충 넘어가자. 노래는 원래 시고,

시는 원래 번역이 안 되는 법이다. 번역될 수 있는 건 이야기와 정보뿐이다. 심사心事, 곧 마음이 하는 짓거리는 끝내 온전히 번역되지 않는다. 심지어 같은 말을 쓰는 사람이 떠들어도 온전히 이해되지 않는 것이 마음 또는 느낌인데, 서로 다른 말 사이에 온전히 넘나드는 번역 같은 건 없다.

슬픈 노래를 듣지 않고 부르지 않았던 날들이 있었다. 눈물의 대왕 소리 그만 듣고 싶었고, 슬픈 발라드의 황제 소리도 그만 듣고 싶었던 때가 있었다. 왜 이렇게 쓰는 시마다 청승이냐! 핀잔도 그만 듣고 싶었다. 시쳇말로 '쿨'해지고 싶었고, '드라이'해지고 싶었다. 딴에 나이 먹었답시고 여유로워진 척도 하고 싶었고, 관조하는 척도 하고 싶었다. 오십 고개 무사히 넘어왔으니 질풍노도의 청춘 시즌 4도 끝났다고 믿었다. 지천명知天命의 나이, 하늘이 시키는 대로 살 수 있는 나이가 되었다고 믿었다. 눈물샘도 잘 말렸고, 전두엽도 건조해졌다고 믿었다. 인생을 함부로 믿으면 오빠 믿었다가 인생 고단해진 여자 짝 난다. 쿵!

'심쿵'이라고, 아이들 하는 말 들어보셨는지? 너무 귀엽고 너무 사랑스러워서 심장이 멎을 것 같을 때 쓰는 말이란다. 살 만큼 살았고 겪을 만큼 겪어서 이제 심쿵 같은 거 안 한다고 자신만만했는데, 덜컥 뇌쿵이 찾아왔다. 뇌쿵? 하하하. 아이들이 쓰는 말 아니다. 내가 아재 개그로 만든 말이다. 다행이다. 이렇게 농담할 수 있어서. 뇌쿵이 뭔 소리인지 대충 짐작하시리라. 전문 용어로 뇌졸중, 쉬운 말로 중풍이 찾아왔다.

귀여워서, 사랑스러워서가 아니라 무서워서 심장이 멎을 것 같았다. 앰뷸런스에 실려 가며, 중환자실 침대에 누워 보호자가 되어줄 동생을 기다리며, 관 같았던 MRI에 누워 들어가며 느꼈던 공포를 표현할 말을 나는 여전히 알지 못한다. 조병준. 내 이름을 말하지 못하고 쓰지 못하던 그 시간의 공포가 어떤 것인지 설명할 말도 여전히 찾지 못했다.

캘커타 마더 테레사의 집에서 머물던 시간, 수많은 죽음을 목격했고 엄마 아버지와의 작별도 치러냈기에 죽음에 대한 두려움 같은 거, 조금은 극복했다고 생각했다. 건방을 떨고 자빠져 있었을 뿐이다. 죽음의 근처에도 가지 않았건만, 무서웠다. 말을 못하고 글을 쓰지 못한다고 생각하니 살면서 맞닥뜨린 그 어느 공포보다 끔찍한 공포가 나를 짓눌렀다. 사실 어떻게 보면, 아주 작은 죽음 한 번을 경험한 셈이라고 봐도 될 것이다. 말과 글은 내 인생 전부나 마찬가지였으니까.

참으로 다행스럽게도, 그놈의 뇌쿵이 찾아왔을 때 후배들이 옆에 있었다. 그 덕에 이른바 골든 타임 안에 병원에 실려 갈 수 있었다. 병원에서 나온 오라비를 한 달이나 데리고 살아준 누이동생 부부도 있었다. 다시 건강해지라고, 건강해질 수 있다고, 챙겨주고 힘 보내준 아주 많은 친구들이 있었다. 그 덕에 살았다. 심지어 더 건강해졌다. 담배를 끊었고, 술을 끊었고, 그 좋아하던 빵도 끊었고, 백미와 설탕과 라면도 쫓아냈다. 평생 처음, 먹는 것에 신경 썼다. 잘났어, 증말! 생전 안 하던 운동도 했다. 하루에 몇 시간씩 걸었다. 죽어라 걸은 덕에 몸이 빨리 살아났다. 잘했군, 잘했어! 진즉에 좀 그럴 것이지. 꼭 몸이 망가진 다음에 정신 차리는 건 도대체 무슨 바보짓이냐. 인생이 다 그렇지 뭐.

퇴원하고 반년쯤 지났을 때였나, 베를린에서 메일이 날아왔다. 엘렌과 마르코. 히말라야에서 만나 친구가 되었고, 베를린에서 재회했던 친구들이었다. 한국에 놀러 오겠다는 약속을 지키고 싶다며 내가 서울에 있을 건지를 묻는 메일이었다. 잠시 고민했다. 이 몸 상태로 친구들을 제대로 대접할 수도 없을 텐데. 사람들이 놀랄 만큼 언어 능력은 빨리 회복되고 있었지만, 그래도 친구들 앞에서 더듬거리기는 싫었다.

이실직고해 버릴까? 내가 좀 더 회복된 다음에 와달라고 부탁할까? 아니다 싶었다. 얼굴 맞대고 얘기를 하면 그래도 많이 회복된 상태니 걱정을 덜하겠지만, 이메일로 그런 얘기를 보냈다간 친구들이 걱정 삼매경에 빠질 게 뻔했다. 그때만 해도 긴 얘기를 타이핑해서 보내기는 미션 임파서블이기도 했다. 그냥 어서 오라고, 목 빼고 기다릴 테니 어서 오라고, 짤막하게 답신을 보냈다.

엘렌과 마르코의 첫 한국 방문. 친구들이 멀리서 오니 좋았다. 가끔씩 말이 씹혔고, 내 손으로 맛난 한국 음식 해먹이기는 힘들었지만, 울산으로 순천으로 내 친구들과 만나 친구 먹게 하고 맛난 한국 음식 먹일 수 있어 좋았다. 한 가지가 안 좋았다. 술을 함께 마실 수 없었다. 베를린에 머물 때 정말 거의 매일이 파티였는데. 내가 주방장이 되어 한국 음식 파티를 했던 날은 정말 스무 명 가까이 모인 친구들이 전부 고주망태가 되도록 온갖 술을 섞어 마시기도 했는데. 40대의 마지막 날들을 정말 허랑방탕 만화방창으로 즐겁게 보냈는데. 아무리 나이 먹어도 계속 그렇게 살 수 있을 줄 알았는데……

내가 못 먹는다고 그 멀리서 온 친구들에게 서울의 좋은 술집도 안 데려갈 수는 없었다. 지금은 새 자리로 옮겨간 명동 '섬.' 그 좁고 허름한 술집을 서울에 왔던 내 모든 외국 친구들이 그러했듯이 엘렌과 마르코도 몹시 좋아했다. 끼리끼리 만나는 법이니 당연하다. 주인도 노래하고 손님들도 노래하고, 처음 본 손님들끼리도 친구되어 술잔 부딪치는 술집을 누가 좋아하지 않으랴. 노래방 반주기가 아니라 통기타 반주로 마이크 없이 오로지 생목소리로 노래하는 술집을 말이다. 테이블마다 손님들이 돌아가며 노래하는 시간이 되었다. 우리 테이블 순서가 되었을 때, 주인 정석이가 엘렌과 마르코에게 노래를 청했다. 마르코는 손을 내저었지만, 엘렌은 선뜻 청을 받아들이며 기타 반주가 되는지 물었다. 〈더 로즈〉.

뇌쿵의 후유증 중에 가장 오래갔던 게 바로 노래를 못 부르는 것이었다. 노래방 가면 마이크를 놓지 않아 악명 높았던 조병준이 음치에 박치가 되었다. 엘렌과 마르코 덕에 오랜만에 다시 찾은 '섬'에서도 나는 노래를 한 곡 부르긴 했지만, 스스로 듣기에도 한심했다. 의사가 CT 영상에서 피가 돌지 않아 죽어버린 뇌 부위를 보여주더니, 하필 노래 부르는 것과 관련된 부위가 거기 있었던 모양이다. 어찌나 서글프던지. 어찌나 내 신세가 한심하던지.

참 많이도 들었고, 따라 부르기도 많이 했던 노래였다. 〈더 로즈〉. 엘렌이 스마트폰으로 가사를 보며 불렀던 '섬'에서의 〈더 로즈〉는 내 인생 최고의 〈더 로즈〉였다. 엘렌이 그렇게 말하지는 않았지만, 나는 엘렌이 나를 위해 그 노래를 선택했으리라고 믿는다. 시린 눈 아래 깊은 땅속에 씨앗이 누워 있다는 걸 기억하라고. 봄이 오면 햇님의 사랑 받아 장미로 피어날 씨앗을 기억하라고. 그러니 좌절 금지, 절망 금지라고. 우리 친구 준도 봄이 오면 다시 꽃 필 거라고. 다시 노래도 하고, 씩씩하게 길 떠돌 거라고. 위로하고 격려하려고 그 노래를 불러주었을 것이다. 당케 쇤, 엘렌. 필렌 당크. 고마워 엘렌, 정말 고마워.

그날 이후, 〈더 로즈〉는 나의 십팔번이 되었다. '섬'이 아직 옛 자리에 있었던 지난겨울까지, 나는 거기 가기만 하면 그 노래를 불렀다. 다른 자리에서 노래할 일이 생기면 반주 없이도 그냥 내 박자대로, 내 음정대로, 내 멋대로 불렀다.

〈더 로즈〉의 가사를 처음 번역했던 날이 기억난다. 순천 친구의 권유로

남녘으로 첫 해맞이를 하러 갔던 길. 아무리 천릿길 남녘이었지만, 정월 초하루의 바람은 참 차갑기도 했다. 해맞이하러 모인 사람들의 환호 속에 그 해의 첫 태양이 떠올랐고, 그 첫 햇빛을 받은 장미 한 송이가 내 눈에 들어왔던 날. 아무리 따뜻한 남쪽 땅이라고 한겨울에 장미 봉오리가 웬 말이냐. 이리 꼿꼿이 허리 세운 도도한 겨울 장미는 내 살다가 처음일세. 그 도도한 장미 덕에 〈더 로즈〉의 가사도 꼼꼼히 뜯어보게 되었고, 내친김에 번역까지 시도하게 되었다. 내 안, 깊은 어딘가에 아직 씨앗 하나 웅크리고 있을 테니, 그 씨앗도 언젠가 저렇게 도도한 장미로 피어날 수도 있을 테니, 기억하고 싶어서. 사랑은 나같이 불운한 찌질이에게도 언젠가 찾아올 수 있다는 걸, 그걸 얘기하고 싶어서. 세상 사람들에게 힘껏 외치고 싶어서.

말이 돌아오고, 타이핑 능력이 돌아오고, 이제 노래하는 능력도 97퍼센트쯤은 돌아온 듯하다. 5년의 시간이 흘렀다. 그 사이에 베를린에도 다시 갔고, 엘렌과 마르코가 어린 두 딸과 함께 서울을 다시 찾기도 했다. 예전처럼 부어라 마셔라는 못하지만, 적당히 취할 만큼은 술도 마시게 되었다. 자주는 아니지만 어쩌다 빵도 먹고 라면도 먹는다. 여전히 뇌쿵으로 주눅 든 마음을 100퍼센트 지워버릴 수는 없지만, 또 그래서도 안 되지만, 이제 쓰러지기 전의 상태로 거의 다 돌아왔다. 그래서 이 스트레스의 씨앗인 책 쓰기도 가능해졌다. 하하하.

조병준, 다시 살아났어요. 별일 아니었다곤 못하겠지만, 그래도 이제 농담하면서 그 시간, 돌이켜보게 됐어요. 책도 못 내고, 바깥 활동도 거의 못하고 살았지만, 그래도 나름대론 열쒸미 살았답니다. 책 나와서 축하하는 자리 만들어지면, 그때 〈더 로즈〉 불러드릴게요. 울컥해서 박자 놓치고 가사 놓칠지도 몰라요, 봐주실 거죵? 으하하하.

언제나 마음은 복사꽃

철없는 복사꽃들
늙은 소나무 껍질 앞에서 꼫고 까분다.
얘들아, 저 할아버지 진짜 늙었다!
다 갈라져 터진 것 좀 봐! 까르르르.
늙은 소나무 껍질이 점잖게 한 마디 한다.
내 몸은 늙었어도 내 마음은 아직 복사꽃이다!
복사꽃들이 재잘댄다.
할아버지 쵝오! 짱!
늙은 소나무 껍질이 빙그레 웃는다.
말없이.

나는 늙은 소나무 껍질인가, 복사꽃인가?
내 안의 복사꽃이 종알댄다.
아몰랑! 그냥 둘 다 할래!
내 곁의 늙은 소나무 껍질이 허허 웃는다.
그래, 하고 싶은 거 다 하거라, 봄이잖느냐.

늙은 은행나무를 질투하다

새 순이 움틀 때 늙은 은행나무는 가려움을 느낄까? 아마도. 그리 굴곡 많은 생을 살아온 뒤에도 새 가지가 뻗을 땐 여전히 기쁨으로 온몸이 떨릴까? 아마도. 나, 지금 저 늙은 은행나무를 질투하는가? 아마도.

어느 젊은 시인이 절규하지 않았던가. "질투는 나의 힘"이라고 말이다. 그렇다. 나, 지금 저 늙은 은행나무를 질투한다. 이제 '아마도'라고 비겁하게 말하지 않겠다. 시커멓게 늙어버린 몸통에서 연둣빛 새 잎이 돋아나는 걸 볼 때 내 눈도 가려워진다. 새 순이 잎으로 자라고 새 가지로 변신하는 걸 확인할 땐 내 온몸이 떨린다. 몇백 살을 먹었는지 알지 못하는 늙은 은행나무가 끝없이 새 잎과 새 가지를 펼치며 생명의 힘을 과시할 때 나는 질투로 몸이 뜨거워진다.

나는 천 년을 살고도 여전히 왕성한 생명의 힘을 간직한 은행나무로 태어나지 못했다. 가지 하나 꺾어 땅에 꽂아주면 거기서 또 뿌리내리는 관목으로도 태어나지 못했다. 꼬리를 잘라 포식자에게 넘겨주고 달아나면 곧 새 꼬리가 자라나는 도마뱀으로 태어나지도 못했다. 이래저래 어중간한 인간으로 태어났다. 겨우 오십 중간 깔딱고개 넘고 있을 뿐인데 벌써 심드렁하게 살 만큼 살았다고, 해볼 만큼 다 해봤다고 다 늙은 티 내는 중늙은이로 산다. 내 몸의 세포는 더 이상 왕성하게 분열하지 않는다고, 내 상처는 더 이상 바로바로 회복되지 않는다고, 몸을 도사리며 산다. 한심하고 한심하여라.

은행나무가 보면 나는 얼마나 핏덩어리이겠는가. 이마에 피는 조금 말랐을지 모르지만, 적어도 아직 새파란 청년의 나무이지 않겠는가. 은행나무가 듣기에 내 넋두리는 얼마나 가소로운 치기로 들리겠는가. 쪼그만 게 까불고 있네, 한 소리 들어도 할 말 없다.

오랫동안 글을 쓰지 못했다. 마음이 영원히 청춘일 것이니 몸도 따라서 청춘일 거라고 착각하며 함부로 살면서 몸을 망가뜨린 탓이었다. 한번 망가지니 나이든 탓인지 역시 회복도 오래 걸렸다. 나이는 숫자에 불과하다는 말, 나는 이제 믿지 않는다. 그냥 나이는 나이다. 아무리 마음을 젊게 유지할 수 있어도 몸은 정직하게 나이 먹고 조금씩 망가진다. 모든 생명의 몸이 그렇게 생겨먹었다. 은행나무 또한 예외는 아닐 것이다. 천 살 먹은 은행나무는 만나봤겠지만, 2천 살 먹은 은행나무 얘기를 들어보았는가? 얘기가 옆으로 샜다. 각설하고, 작가가 글을 쓰지 못한다? 이를테면 고사목이 된다는 얘기와 마찬가지다.

5년이라는 짧지 않은 시간을 그렇게 고사목으로 살았다. 괴로웠냐고? 말이라고 하는가. 그런데 웃기는 일이, 그렇게 글을 쓰지 못하는 시간이 괴로우면서도 동시에 달콤하더라. 그냥 일기장 말고, 블로그에 올리는 단상 말고, 밥벌이로 마감에 맞춰 쓰는 글은 언제나 스트레스의 씨앗인 법이다. 마감은 얼마나 점잖은 말인가? 영어로 데드라인이다. Deadline, 죽음의 선. 죽지 않기 위해서는 죽을힘을 다해서 지켜야 하는 게 마감이다. 그 데드라인을 안 겪고 살아보니 참 달콤하더라. 글을 안 쓰고 살아도, 그러니까 그냥 고사목으로 세월 흘러가도 그 또한 좋을 거 같더라.

그러던 어느 날, 그 늙은 은행나무가, 그 늙고 주름 가득한 몸통에서 솟아난 새 순이 내 발길을 멈춰 세우더라. 이눔아! 게 섰거라! 번데기 앞에서 주름을 잡아도 유분수지, 뭐가 어쩌고 저째? 글을 안 쓰고 사니 좋더라? 편하더라? 에끼, 이눔아! 네 놈 살아온 세월의 다섯 배, 여섯 배는 살아온 나도 여전히 새 순 움틔우려고 낑낑대며 사는데, 뭐 고사목으로 살아도 좋다고? 너 이눔, 한번 호되게 은행나무 몽둥이로 맞아야 정신을 차릴 테냐!

다행이다. 은행나무 몽둥이로 엉덩이 두들겨 맞기 전에 정신 차렸다. 늙은 은행나무를 질투할 수 있게 되었다. 글 한 줄이 내가 움 틔우는 새 순이다. 한 줄 한 줄 써가다 보면 한 꼭지가 되고, 한 꼭지가 새 가지, 곧 새 책으로 뻗어갈 수도 있을 것이다. 아무리 늙은 몸에서도 새 마음 싹틀 수 있다. 게으르지 않으면 말이다. 봄, 여름, 영원하지 않다. 가을에 황금빛으로 물들 은행잎 키우려면 부지런히 새 순 움틔워야 한다. 아직 가을 되려면 한참 남았다. 이마에 주름 깊이 패고 흰머리 수북해지면 어떠냐? 네 키보드가 새 글 한 줄을 쓸 수 있으면 여전히 청춘일 것을. 여전히 문학청년으로 살 수 있을 것을. 늙은 은행나무를 실컷 질투해라. 질투는 아직 너의 힘이니.

딱 고만큼

긴 세월 건너
꽃 대궐로 나란히 나들이 나선 노부부.
꽃만큼이나 아름답다.
더도 말고 덜도 말고 딱 고만큼.
얼마나 빼고 얼마나 더하며 살아왔을지
얼굴 안 봐도 보인다.

진달래 꽃 뿌려도 뿌려도 가지 않는 웬수였을 테지.
진달래 꽃부침개 먹으며 그래도 천생연분이라 웃었을 테지.
뒷전에서 몰래 훔쳐봐도 볼 거 다 보인다.

두 내외 살아온 세월이 꽃만큼이나 아름답다.
꽃보다 더 아름답지도 덜 아름답지도 않고
더도 말고 덜도 말고
딱 고만큼.

은행나무, 싸움은 아직 끝나지 않았다!

사람이든 동물이든 식물이든, 무릇 살아있는 것들은 모두 이웃을 잘 만나야 한다. 더불어 살 마음을 지니지 못한 것들은, 저만 살겠다는 독한 마음만 지닌 것들은 주위의 다른 생명들을 죽인다. 권력을 가진 것들, 돈을 가진 것들과 그 알량한 날개 아래서 떡고물도 아닌 똥고물 얻어먹는 것들을 보라. 생때같은 자식들을 찬 바닷물에 빠트려 죽여야 했던 부모들에게 폭언과 폭력을 퍼붓는 저 아귀보다 무서운 이른바 '시민 단체'들을 보라. 먹이고 보살피는 고마운 이름들, '어버이'와 '엄마'를 모독하는 것들을 보라. 이웃을 잘못 만나면 목숨을 잃는 것으로도 모자라, 남은 자들의 가슴에 대못이 아니라 대창이 박힌다.

풀 한 포기 못 자라게 제 집을 콘크리트로 덮은 것으로도 모자랐던 모양이다. 어느 집 주인은 이웃집의 나무들이 자기 집 담장을 넘는 것도 참지 못했다. 가을에 떨어지는 낙엽을 이유로 그는 이웃집의 은행나무를 베어내라고 강요했다. 이웃을 잘못 만난 죄로 잘려야 했던 한창 커나가던 은행나무.

친한 후배들이 일하는 회사가 그 은행나무 집에 세 들어 있었다. 놀러 갈 때마다 그 은행나무 만나는 재미가 쏠쏠했다. 햇볕도 잘 안 드는 마당에서 어찌나 대견하게 쑥쑥 자라던지. 가을엔 제법 황금빛 은행잎도 보여줘서 얼마나 기특하던지. 그런데 어느 날 가보니 그 은행나무, 싹둑 잘리고 없었다. 나쁜 이웃을 만난 죄로.

그렇게 그 은행나무와 영 이별한 줄 알았다. 그런데! 보라! 은행나무는 아직 싸움을 접지 않았다. 어떻게 해서든 살아남으려 가는 가지를 위로 올렸다. 그 작은 가지에서 커다란 잎을 펼쳤다. 가을이 깊었는데도 악착같이 엽록소를 지키며 햇살을 모으고 있었다. 장해서, 고마워서, 눈물이 날 뻔했다.

은행나무가 끝내 지지 않기를.

그리하여 우리에게 더불어 싸울 힘을 나눠주기를.

설령 다시 잘리는 날이 오더라도 또 그 잘린 둥치에서 새 가지를 뻗어 주기를.

언젠가는 그 황홀한 황금빛 은행잎들로 이 참혹한 세상을 위로해 주기를.

잘려나간 은행나무에 가슴 아팠던 그날 이후, 겨울도 가고 봄도 절정을 향해가던 날이었다. 부처님 오시기 하루 전날, 일을 핑계삼아 아우들을 만나러 갔다. 카메라를 들고 나간 건 우선, 날이 하도 좋아서였다. 일 핑계로 먼지 뒤집어쓰게 만든 카메라에게 햇빛 쪼여주어야 했다. 그리고 그 집 마당의 그 은행나무 생각이 났다. 지난해 냉혹한 이웃 주민의 협박 때문에 둥치가 잘렸다가, 그래도 악착같이 가느다란 새 가지를 올렸던 은행나무가 혹시 잘 자라고 있다면 그 녀석을 찍어보려는 생각에서였다.

은행나무는 다행히 굳세게 그 자리에서 열심히 자라고 있었다. 하지만 아뿔싸, 기우는 해가 은행나무와의 춤을 이미 끝낸 뒤였다. 부지런한 다른 사진가들이었다면 다른 날 다시 찾아가 은행나무와 빛의 춤이 시작되기를 기다렸겠지만, 나는 그렇게 생겨먹은 작자가 아니다. 어쩌는가, 그렇게 생겨먹은 것을.

사진은 내가 찍는 것이 아니다. 다른 사진 작가들한테는 죄송스런 말이지만, 나한테는 그렇다. 내게 사진은 하늘이, 또는 시간이 던져주는 선물이다. 내가 계획하지 않았고, 내가 의도하지 않았으며, 심지어 기대하지도 않았던 그런 순간들이 내게 온다. 빛과 어둠이 서로 짝을 지어 춤추는 그런 순간들이. 내가 하는 일이라곤 그저 잠시 숨을 멈추고, 뷰파인더에 그

황홀한 춤사위를 담아 셔터를 누르는 사소한 노동뿐이다.

부처님은 좋으신 분이다. 가엾고 장한 은행나무를 어여삐 여기는 내가 가상했던지, 그 자리에 원래 심어진 줄도 모르고 있었던 불두화에 찬란한 빛을 보내주셨다. 그것이 바로 불광, 佛光이었다고 말하면 불자들에게 야단맞으려나? 불자들이 뭐라 하든, 부처님은 또 잘했다고 내게 미소지어 주실 것을 믿는다. 어느 고승대덕 스님의 법문보다 내겐 더 귀하고, 그 어느 감로수보다 시원했던 부처님의 빛이었다.

감히 깨달음의 순간이었다고는 말하지 않으련다. 그저 살다 보면 어느 하루, 저렇게 부처님의 빛이 잠시 내 눈앞에 보이는 법法이라고 말하련다. 전화로 해도 되고 메일로 해도 될 일이었지만 덕분에 좋은 아우들 얼굴도 보자고, 지난가을 내 마음을 아프게 했고 또 힘도 주었던 은행나무도 보자고 달려간 내 오랜만의 정행正行에 부처님이 상을 주신 거라고 믿으련다.

부처님 세상이 다시 와주어서 참 좋다. 아, 그리고 그 은행나무가 여전히 무사히 잘 자라고 있어 참 좋다.

결국은 슬픔이 널 구원할 거야

그 봄날, 찬란했다. 있으라고 이슬비, 가라고 가랑비, 옛날 엄마가 읊조리던 노래처럼 봄비가 오락가락 흩뿌리더니 어느 순간부터 해와 구름이 정말 기가 막히게 현란한 댄스 스텝을 펼치기 시작했다. 왈츠에서 탱고, 자이브, 파쏘도블레, 차차, 지터벅, 룸바, 온갖 춤사위가 펼쳐졌다. 변화무쌍 천변만화. 해와 구름이 희롱하는 그런 봄날, 그런 봄빛이 언제 다시 올지 누가 알랴. 카메라를 목에 걸어야 했다. 그 해와 구름의 춤이 끝나기 전에 어디로든 가야 했다.

당신에게도 그런 찬란한 봄날이 찾아온다면, 당신이 서울에서 딱 한 곳을 그 봄날에 갈 수 있다면, 당신은 어디를 선택하겠는가? 나는 선유도를 택했다. 왜? 글쎄, 누구를, 또는 무엇을 왜 사랑하냐고, 왜 좋아하냐고 물을 때 흔히 나오는 답이 하나 있지 않은가. 그냥. 물론 그냥이 전부는 아니었다. 선유도의 복사꽃을 보고 싶었다. 사실은 그게 진짜 이유였다.

지하철을 타는 건 그 찬란한 봄날에 대한 모욕이 될 것이기에 버스를

탔다. 합정동에서 내렸다. 버스를 갈아타고 강을 온전히 건넜다가 선유교를 통해 들어갈 수도 있었지만, 나는 합정동에서 걷기 시작했다. 양화대교를 두 발로 걸어서 건넜다. 그것이 그 찬란한 봄날에 대한 예의라고 생각했다.

선유도, 신선이 노니는 섬. 때로 이름에는 주술적 힘이 담겨 있다. 선유도가 강에 뜬 섬이 아니라 강변에 자리한 봉우리, 곧 선유봉이었던 시절부터 그곳은 신선이 노니는 땅이었다. 글깨나 쓰고 그림깨나 그렸던 선비들이 신선 코스프레를 즐기던 장소였다. 한강을 통제하려는 욕망이 시작되면서 선유도의 신선들은 쫓겨났다. 처음엔 제방을 쌓기 위해 돌이 필요했고, 나중엔 여의도에 비행장을 만들기 위해 또 골재가 필요했다. 선유봉은 깎이고 부서졌다. 강변의 명승지에서 강 복판의 초라한 섬으로 선유도의 신분은 바닥까지 추락했다. 선유도라는 이름은 몰락한 양반 가문에 남겨진 허울뿐인 성씨와 비슷한 신세가 되었다.

어떤 이는 '물 공장'이라고 불렀던 정수장이 가동되던 시절, 물이 들어오고 나가는 장소였지만, 사람의 출입은 그야말로 물샐 틈 없이 철저하게 통제되었던 그 정수장 한켠에 복숭아나무를 심을 생각을 처음 했던 사람은 도대체 누구였을까? 아무리 생각해도 역시 신선 하나가 몰래 사람의 탈을 쓰고 찾아왔던 게 틀림없다. 강 한복판 초라한 섬에 무릉도원을 만든다? 그런 어처구니없는 일을 신선이 아니면 누가 꿈이나 꾸겠는가 말이다. 첫 복사꽃이 피던 날, 신선은 복사꽃 아래서 한바탕 춤을 추었을 것이다. 선유도라는 이름은 이제 이름값을 할 수 있게 되었다. 복사꽃이 피었으니 신선들이 돌아올 수 있었다.

그 지혜로운 신선의 은혜로 이제 인구 천만 명의 숨 막히는 거대 도시 서울의 시민들은 선유도에 발을 들이는 순간 신선의 반열에 오를 수 있게 되었다. 어차피 일장춘몽, 인생이 다 봄날의 꿈인데 기왕이면 분홍치마, 복사꽃 꽃그늘 아래 잠시 노닐지 말아야 할 이유가 어디 있는가. 평생에 단 하루, 단 한 시간만이라도 신선, 불로불사의 존재가 되어 영원히 지지 않는 복사꽃을, 영원한 봄날을 꿈꾸지 말란 법은 또 어디 있는가. 무릇 꿈은 유치찬란할수록 더 아름답지 않던가 말이다.

이리저리 방향 없이, 물이 흐르는 것처럼 흘러가는 대로 걷다가 수조에서 창포의 새 순을 만난다. 순식간에 타임 슬립이 벌어진다. 강을 건너는 것과 시간을 건너는 것이 하나인 그런 순간이다.

김광석의 노래, 〈그녀가 처음 울던 날〉을 조금 빌려 쓴다. 후배 녀석이 처음으로 내 앞에서 훌쩍훌쩍 울던 날. 늦은 겨울날이었다. 아니, 너무 일렀던 봄날이라고 해야 할까, 아니면 겨울과 봄 사이에 걸친 다리 같은 날이었다고 하는 편이 나을까? 아무튼 그 추웠던 날에 두 남자가 다리를 건너 그 섬에 갔던 건 무슨 미친 짓거리였단 말인가. 모년 모월 모일 모시. 사소한 디테일은 우리가 다시 강을 건너올 때 함께 다리를 건너지 못했다. 섬에 남겨져 잊혀졌다. 큰 덩어리 기억 몇 개만 함께 강을 건넜고, 세월도 건넜다.

뭐 별일도 아니다. 그저 실연은 남자도 울게 한다, 뭐 그런 흔해빠진 사건이었다. 세월이 이만큼 흘렀으니 후배도 잊었을까? 그 추웠던 이른 봄날의 온도를 한 10도쯤 더 떨어뜨리며 차갑게 떠나간 연인을. 선배 앞에서 훌쩍이며 늘어놓던 넋두리를. 연인과 함께 그 섬에 왔었노라고, 다시 섬에 오고 싶었지만 혼자 올 용기가 없었노라고, 이제 강을 다시 건너가면 다 잊겠노라고…… 뭐 흔하디흔한 이별 타령이었다. 그러나 어쩌랴. 실

연의 당사자에게 실연은 일종의 작은 죽음인 것을. 죽다 살아날 수밖에 없는 것이 실연인 것을. 나도 내 몸의 경험으로 그것을 알고 있었기에 후배의 넋두리를 들어주어야 했다.

세월이 흐르고 삶의 토대가 바뀐 탓에 이제는 1년에 한 번 얼굴 보기도 어려워진 후배는 혹시 기억할까? 자신의 실연 덕분에 내가 처음으로 선유도에 가보았다는 사실을. 시간이 좀 흐른 뒤 후배는 새 사랑을 찾았다. 그 새로운 연인을 데리고 후배가 선유도에 다시 갔는지 어쨌는지를 나는 알지 못한다. 그저 기억할 뿐이다. 모년 모월 모일 모시, 처음 나를 그 안에 품었던 선유도의 모습을. 봄이 온전히 오지도 않았건만, 봄이 왔다고 앞뒤 없이 성급하게 솟아나온 창포가 새 잎을 물 밖으로 내밀고 있었다. 불행히도 기온은 다시 영하로 곤두박질쳐 있었다. 꽝꽝 얼어버린 수조 안에서 칼바람에 떨고 있던 그 어린 창포의 잎들은 살아남았을까? 강한복판 미루나무와 자작나무들의 앙상한 가지들을 훑고 지나가던 바람속에 얼마나 많은 실연의 노래들이 담겨 있었을까?

선유도, 실연의 섬. 어쩔 수 없다. 내게 선유도는 어쩔 수 없이 그 이름으로 우선 기억된다. 하필이면 후배 녀석은 그때 실연을 당했고, 하필이면 나를 하소연 상대로 선택했고, 하필이면 선유도를 그 하소연의 장소로 골랐다. 何必. 어찌하여 꼭 그렇게. 다 시절인연에 따라 벌어진 일이다. 선유봉은 어느 날 육지에서 강제로 분리되어 선유도가 되었다. 아, 그렇게 아픈 이별, 그렇게 지독한 실연이 또 어디에 있을까? 선유도는 태생부터 실연의 섬이었다. 그런데 이건 또 무슨 조화일까? 다시 시간이 응축한다. 순식간에 늦은 여름, 아니면 이른 가을이다.

복사꽃은커녕 복숭아도 한 알 남지 않았고, 창포꽃도 오래전에 시들었다. 심지어 조로한 연잎들은 물에서 태어났으니 물로 돌아가겠노라며 허리를 꺾었다. 성급한 자작나무 잎들도 벌써 낙엽으로 구르고 있었다. 창포꽃 시든 자리에 와서 얼음 속의 창포 새 순을 기억하는 건 거의 자학에 가깝다. 흘러간 계절들은 언제나 안타깝고 쓸쓸한 법이다. 그렇게 걷는데 어라? 눈이 자꾸 간지럽다. 구석진 자리, 훤한 자리, 가릴 것 없이 눈간지럽고 낯간지러운 저 두 글자! 사랑이란 두 글자! 아이고, 선유도는 실연의 섬이 아니라 연애의 섬이었구나. 내 눈이 멀어, 아니면 부러 눈을 감아, 저 숱한 낙서들, 나무를 파고들고 시멘트에 새겨진 사랑의 맹세들을 외면했었구나. 그래, 후배 녀석이 그랬었지. 헤어진 연인과 선유도에 왔었노라고. 그래, 선유도는 연애의 섬이며 실연의 섬이었다. 둘 중 하나이기도 하고, 둘 다이기도 했다.

그 탓이었다. 선유도 안을 걸을 때마다, 선유도를 떠나 다시 다리를 건널 때마다 달달함과 쓸쓸함이 어김없이 동시에 또는 교차로 찾아왔던 건 바로 그래서였다. 사랑의 맹세처럼 단단한 맹세가 어디 있으며, 사랑의 맹세처럼 쉽게 부서지는 맹세가 또 어디 있는가. 하릴없고 부질없다는 것을 온몸으로 죽다 살아나며 배우고 또 배우면서도 또 다음 사랑이 찾아오면 어김없이 득달같이 맹세부터 하지 않았던가. 이 미련한 사랑의 맹세 중독자들아.

사랑의 맹세가 맺어지고 부서지는 곳이 어디 선유도뿐일까? 하지만 선유도엔 강물이 흐르고, 바람이 분다. 강물과 바람은 시간을 실어 나른다. 때로 강물과 바람은 가버린 시간을 되싣고 오기도 한다. 맺어지고 깨지고, 깨지고 맺어지고, 사랑의 맹세, 사랑의 기억, 끝없는 사랑의 강물. 그래서 선유도는 쓸쓸하다. 선유도에서 후배를 위로하며 내가 말했던가, 결국은 슬픔이 너를 구원할 거야라고. 시간의 강물이 흐른 뒤에 다시 선유도에서 나는 혼자 중얼거린다. 그래, 결국은 쓸쓸함이 우리를 구원할 거야…… 사랑이 없다면 쓸쓸함이 어디서 나오겠어. 그러니 결국은 사랑이 우리를 구원하는 거지……

그 봄날, 영원할 수 없었고 영원해서도 안 되었다. 강물도 흘러야 하고 시간도 흘러야 한다. 선유교로 건너는 게 좀 덜 걷는 길일 텐데, 무거운 카메라를 들고 이리저리 뒤엉킨 동선으로 헤매고 다니기를 몇 시간째, 당

연히 다리가 아팠다. 그런데 도대체 무슨 오기였을까? 나는 다시 양화대교를 건너 합정동까지 되돌아가기로 했다.

빗방울이 다시 흩뿌리기 시작했다. 바람도 차가워지기 시작했다. 이 긴 다리를 언제 다 건널꼬. 갑자기 몇 배로 늘어난 것처럼 보이던 양화대교가 무서워져 눈길을 어디 먼 데로 돌리는 순간, 바로 그때 여의도 증권가의 크고 못생긴 빌딩들 위에서 출발해 구름 속으로 숨은 무지개를 보았다. 화룡점정, 부처님 눈 속에 별 하나 그려 넣기. 그 찬란했던 봄날의 마무리로 그만큼 완벽한 피날레는 없었다. 무지개 다리 반대쪽 끝에는 마포

의 크고 못생긴 빌딩들밖에 없다는 걸 잘 알면서도 나는 구름 속에서 무지개 다리가 방향을 틀었을 것이라고, 그래서 '어딘가 하늘이 언제나 푸른 곳, 새들은 노래하고 꿈들은 이뤄지는 곳'으로 이어졌을 것이라고, 미친 사람처럼 노래를 불렀다. 썸웨어 오버 더 레인보우…… 무지개는 금방 사라졌지만 나는 다리를 다 건널 때까지 노래를 흥얼거렸다.

양화대교를 다 건넜을 때 선유도를 돌아다보았다. 그 찬란한 봄날이 내 지리멸렬한 인생에 툭 던져준 놀랍고 고마운 선물, 선유도에 그 정도의 예절은 지켜줘야 했다. 봄날은 짧았고, 봄날의 백일몽 또한 짧았다. 허나 그 봄날의 꿈속에서 나는 신선이었다. 시를 짓고 그림을 그리고 노래하고 춤추고 변신하고 살고 죽고 다시 태어나고 또 살았다. 내가 신선의 꿈을 꾸었는가, 신선이 나의 꿈을 꾸었는가? 내가 선유도를 꿈꾸었는가, 선유도가 나를 꿈꾸었는가?

SeAH

흔해빠진 것들에게 사과하다

영산홍. 흔해빠지기로 둘째가라면 서러워할 또 다른 이름.
평생 봐왔는데, 그래서 카메라 렌즈 들이밀 생각도 안 했는데.
헉! 영산홍, 너 이런 모습, 처음이야!
영산홍이 입술 뾰로통 내밀고 한 마디 한다.
"평생 보기는 뭘 평생 봐? 만날 소 닭 보듯 지나가 놓고는.
눈여겨본 적 한 번도 없잖아."

영산홍 말이 맞다. 평생의 무례를 사과해야 한다.
영산홍에게 사과해야 한다.
눈여겨본 적 없는,
그 숱한 흔해빠진 것들에게 사과해야 한다.
까치발 조금만 들어주면, 허리 고생 조금만 시켜주면,
저리 고운 영산홍, 봄 내내 볼 수 있을 것을.
여름에도, 가을에도 심심치 않게 볼 수 있을 것을.
꽃들에게 할당된 내 사랑의 아주 조금만 건네주어도
영산홍이 저리 기뻐하는 것을.
귀한 것들만 꽃이 아닌 것을.

아이야,
네 기다림도
꽃으로 피었을 거야

아이는 내게 물었다.

"아저씨, 몇 밤 자고 가요?"

아이에겐 내 이름이 무엇인지, 내가 무얼 해서 먹고 사는지, 내가 왜 거기에 왔는지, 그런 건 조금도 중요하지 않았다. 중요한 건 내가 아이와 보낼 수 있는 시간의 분량이었다. 아이의 엄마는 집을 떠난 후 단 한 번도 아이를 만나러 오지 않았다고 했다. 아이의 아빠는 몇 달에 한 번, 정말 어쩌다 한 번 아이를 만나러 온다고 했다. 수녀원의 원장 수녀님이 엄마 역할을 해주고, 함께 살면서 아이들의 큰누나 역할을 해주는 여성 봉사자도 있지만, 유독 아이는 남성 방문자를 좋아한다고 했다.

아이의 그 질문 때문에, 잠깐 정말 그런가? 핑계다. 그저 집에 돌아오고 싶지 않았다고 말해도 된다. 이왕 나선 길, 그저 좀 더 떠돌다 돌아가고 싶었다고 말해도 된다. 하지만 아이의 그 질문이 아니었다면, 나는 목요일 밤에는 집에 돌아왔을지도 모른다. 몇 밤을 자고 갈 거냐는 아이의 질문에 나는 몇 밤 자고 가면 좋겠어? 라고 되물었다. 아이는 세 밤이라고 대답했다. 한 밤을 자고 떠날 계획이었는데, 그 다음날 떠날 수 없었다. 아이가 원했던 세 밤을 다 채워주진 못해도 두 밤을 잘 수는 있었다.

"수녀님들과 제가 아무리 노력해도 안 되는 부분이 있어요. 아무래도 남자아이들이다 보니, 남자 어른들과의 접촉에 목마른가 봐요."

아빠를 기다려본 적이 있었던가? 아픈 기억이다. 짧은 기간이었지만, 우리 세대의 아버지들이 참으로 흔히들 그러했듯이 내 아버지도 바람이 난 적이 있었다. 며칠씩, 어떨 때는 일주일씩 집에 돌아오지 않는 아버지를 나도 기다려본 적이 있었다. 그래, 이왕에 꺼낸 얘기, 털어놓자. 아버지가 미웠다. 겨우 아홉 살 나이에도 아버지가 미웠다. 그래도 아버지가 집에 돌아오기를 기다렸다. 기다림과 미움을 한 마음에 담기에 아홉 살의 마음은 너무 작은 마음이었다고 지금 기억한다.

짧은 기간이라고 썼다. 사실은 지옥처럼 긴 시간이었다. 나이가 든 후에야 그 시간이 그리 길지 않았다는 걸 알게 되었지만, 아홉 살의 내게 그 시간은 무한에 가까운 시간이었다. 아버지는 다행히도 집으로 돌아왔지만, 불행히도 심한 병에 걸렸다. 거의 10년에 걸친 투병이었다. 집에만 머무는 아버지를 일찍 사춘기에 들어선 소년은 미워할 수밖에 없었다.

아버지의 병은 아버지의 바람과는 아무 관계가 없었지만, 가진 것 하나도 없이 서울에 올라와 몸을 학대하며 식구들의 밥을 벌어야 했던 탓에 생겨난 병이었지만, 소년은 모든 것이 아버지의 실수로 벌어진 일이라고 생각했다. 아버지의 몰락은 아버지의 책임이라고, 믿었다. 아버지는 기다림의 대상이 아니라, 떠나보내고 싶거나 내가 떠나고 싶은 존재였다.

아주 오랜 시간이 지나서야 아버지의 실수를 조금 이해할 수 있었다.

누구라도 그러하듯이…… 아버지 나이 마흔에, 많은 사내들이 그러하듯이 아버지도 흔들렸던 것이다. 어쩌다 찾아온 뒤늦은 사랑에 아버지도 미친 듯이 빠졌던 것이다. 우리 나이 스물이니 만 나이론 겨우 열아홉 살에 사진 한 장 보고 결혼했던 아버지. 일찍 돌아가신 할아버지 대신 할머니와 동생 여섯을 책임져야 했던 장남 아버지. 결혼 9년 만에 낳은, 겨우 세 살배기 첫아들을 가난 때문에 잃어야 했던 아버지. 달동네 무허가 집 하나 장만하느라고 허리가 휘도록 일해야 했던 아버지. 어쩌다 찾아온 사랑에 미쳐버린 아버지…… 아버지도 사람이었고 남자였던 것뿐이다.

이제 아버지를 용서했냐고? 아버지에 대한 미움, 다 떨쳐버렸느냐고? 그래, 솔직히 말하자. 그건 용서의 문제가 아니다. 내 안에 아직 살아있는 아홉 살짜리 나는 아직도 아버지가 밉다. 그저 서른 살의 나, 마흔 살의 나, 쉰 살의 내가 살다 보니 아버지를 이해하게 된 것뿐이다. 그래서 아홉 살의 나를 다독이며 위로할 수 있게 된 것뿐이다. 괜찮아, 아이야. 네가 더 나이가 들면 아빠도 어쩌면 가엾은 사람이었다는 걸 알게 될 거야. 그래도 아빠가 돌아왔잖아. 평생을 아프셨으면서도 어떻게든 너를 학교에 보내려고, 동생들을 키우려고 끝없이 몸을 혹사하며 사셨잖아. 잊을 수야 없겠지. 그런 기억을 모두 잊을 수 있는 사람이 이 세상에 어디 있겠어. 그저 하나만 더 기억하면 돼. 아빠도 가엾은 사람이었다는 거, 알겠지?

사내아이들의 집, 엄마와 아빠가 어떤 이유로든 함께 살 수 없게 된 처지의 사내아이들이 고등학교를 졸업하는 나이까지 수녀님들과 함께 살아가는 그 집에서 두 밤을 보냈다. 낮에는 아이들과 함께 텃밭에서 일을 하기도 했고, 아이들과 함께 공을 차기도 했다. 에너지 만땅인 아이들과의 공놀이에 지쳐 잠시 운동장을 빠져나와 숨 고르기를 하다가, 어느 벤치가 눈에 들어왔다. 시골 마을의 작은 운동장 가장자리에 놓인 벤치. 여름방학이 된 지 얼마 지나지도 않았건만, 그 짧은 시간에 개망초는 나무 벤치의 틈바구니 사이로 쑥쑥 올라와 있었다.

천지사방에 맨땅이 널려 있는데 하필이면 벤치 아래서 싹을 틔운 이유가 무엇이냐고 개망초에 물을 수 있는가? 답할 자가 이 세상에 어디 있는가? 이쁜 들꽃도 아니고 하필이면 개망초로 태어나 천대받느냐고 쯧쯧 혀 찰 수 있는가? 개망초로 태어난 것도, 하루 종일 볕 안 드는 벤치 아래서 싹튼 것도, 그 무엇도 개망초의 잘못은 아니다. 태어났으니 살아야 하는 것, 벤치 틈새에 가지 올릴 틈이 있으니 그 틈새로 비집고 올라온 것, 때마침 여름방학이 되어 앉아서 깔아뭉갤 사람 오지 않으니 악착같이 꽃을 키운 것, 모두 칭찬받아야 마땅한 일이지 타박할 일 아니다. 정말 장하다고, 대견하다고, 기특하다고, 이쁘다고……

아이는 내게 또 물었다.

"아저씨, 또 올 거예요?"

나는 아이에게 다시 오마고 약속했다. 그리고 그 약속을 지키지 못했다. 욕을 개망초 수천 다발만큼 들어먹어도 할 말 없는 한심한 아저씨가 되었다. 나를 그 집에 초대했던 '누나' 친구도 얼마 후 그 집을 떠났다. 먹고사는 일에 치였다는 건 순전히 핑계다. 나는 이 세상 저 세상 잘도 쏘다니면서 살았다. 지킬 수 없는 약속은 하지 말았어야 했다.

아이는 내 약속을 믿었을까? 그래서 다시 온다고 했던 아저씨를 기다렸을까? 벤치 사이로 올라온 개망초처럼 목을 길게 빼고 나를 기다렸을까? 그 기다림도 저렇게 꽃으로 피었을까? 오랜 시간이 흘렀다. 아이도 아마 그 집을 떠났을 것이다. 때늦은 후회는 부질없다. 자책은 해도 된다. 아

니, 해야만 한다. 무책임한 아저씨는 그저 바랄 뿐이다.

아이의 아빠가 약속한 대로 빨리 아이를 데려갈 수 있었기를. 엄마는 없어도 아빠와 함께 살 수 있었기를. 만약에 그럴 수 없었다면, 수녀님들과 다른 형아들과 함께 그래도 행복한 유년과 소년 시절을 보낼 수 있었기를. 어떻게든 살아 환한 햇살 받으며 꽃도 잘 피워낸 저 벤치의 개망초처럼 지금은 환한 생을 살고 있기를. 아주 굵은 줄기에 아주 커다란 잎과 꽃을 피우는 튼튼한, 더 이상 잡초가 아니라 소중하고 귀한 나무로 자랐기를……

내 기억 속의 아직 어린 아이가 내게 말한다. 아저씨, 괜찮아요. 누구나 잘못하면서 사는 거잖아요. 아저씨도 나처럼 오지 않는 사람을 많이 기다리면서 살았잖아요. 그래도 아저씨가 나랑 놀아주려고 하룻밤을 더 있어줬잖아요. 괜찮아요. 아저씨를 기다리는 사람들에게 달려갈 수 있는 시간이 아직 많이 남아 있잖아요. 그러니까 아저씨, 이제 그만 미안해하세요. 그냥 저 계란꽃처럼 웃어요! 헤헤헤……

내 상상 속의 아이가 방금 계란꽃이라고 했나? 그래, 어디서 왔는지 나라가 망한 다음에 걷잡을 수 없이 퍼졌다고 붙인 이름이라는 망亡초, 그보다 더 하찮다고 개망초가 아니라, 계란 프라이 닮았다고 계란꽃이라 덜 서글픈 이름, 훨씬 더 이쁜 이름으로 불렀다. 그래. 하룻밤을 더 자고 가겠다고 했을 때 아이도 그렇게 환하게 계란꽃처럼 웃었지. 아이를 향한 미안한 마음은 그대로 두고, 아이의 기다림도 어쩌면 그렇게 계란꽃처럼 환하게 피었을 거라고 스스로 위로해도 되는 거겠지……

네가 다른 생명에게
전할 이야기를 만들어라!

이 땅의 큰 나무들을 찾아다니며 사진 작업을 하고 있는 친구가 있다. 친구는 언제나 나무에게 '어르신'이라는 존칭을 붙인다. 참 좋은, 참 아름다운 호칭 아닌가. 참으로 마땅하고 옳은 일이다. 친구에게서 배웠으니 나도 어르신이라는 호칭을 사용하련다. 나이 어린 생명이 나이 많은 생명에게 바치는 예의.

식물에게 의식이 없다고 누가 헛소리를 지껄였는가? 이미 과학자들이 알아냈다. 식물도 생각하고 소통한다. 식물의 시간과 동물의 시간이 서로 다른 속도로 흘러가는 탓에, 식물과 동물의 신경 전달 체계가 서로 다른 탓에, 동물인 우리 인간이 그걸 알아보지 못하는 것뿐이다. 과학자들이 먼 길 빙빙 돌아 알게 된 진실을 옛날 사람들은 알았다. 나이 많은 나무에 지혜, 생존의 지혜를 넘어선 영적 지혜가 깃들어 있음을.

모든 원시 종교에서 나무를 숭배하는 건 고대인이 무지했던 탓이 아니다. 문자 이전, 과학 이전의 깊은 지혜가 있었기에 그이들은 오래 나이 먹

은 나무에 깃든 신성에 경배드릴 수 있었다. 숲을 떠나고 나무를 깡그리 베어낸 자리에 도시를 만들면서, 문자와 과학에 익사 지경으로 빠지면서, 인간이 잃어버린 지혜.

부지런한 친구처럼 시간과 품을 들여 나무 어르신들을 찾아가 뵙지는 못하지만, 발길이 어쩌다 나무 어르신 계신 자리로 흘러가면 나도 허리 굽혀 인사드린다. 나 홀로이거나, 이해해 줄 만한 사람과 함께 있을 때는 두 팔 벌려 잠시 어르신 품에 안기기도 한다. 나무의 언어를 배워본 적이 없기에, 나무를 온몸으로 끌어안고 귀를 아무리 밀착시켜도 나는 나무가 들려주는 지혜의 말씀을 알아듣지 못한다. 어떤 예민한 사람들은 나무 안에서 수액이 흐르는 소리도 들을 수 있다고 하는데, 둔감하기 짝이 없는 내가 들을 수 있는 소리는 그저 바람이 잎과 가지를 흔드는 소리뿐이다.

그래도 나무 어르신의 품에 안기면 마음이 편해진다, 참 편해진다. 끝내 인간의 언어로 옮길 수는 없지만 그래도 내 몸 안 어느 깊은 곳에 아직도 남아 있는 아주 오래된 어느 감각 또는 어느 수용체가 떨리는 것을 느낄 수는 있다. 오래 나이 먹은 생명이 어린 생명에게 전하는 이야기를 몸으로 듣는다. 지구에 생명이 시작된 그날부터 지금 이 순간까지 단 한 번도 끊어지지 않고 전해 내려온 이야기를 듣는다.

살아라, 사는 날까지 악착같이 살아라. 살면서 네가 다른 생명에게 전할 이야기를 만들어라. 그 이야기들이 모이고 모여 언젠가 네가 잃어버린 오래된 지혜 되찾아줄 것이니, 살아라, 살아서 이야기해라……

그날도 그랬다. 괴산에 왔으면 다른 건 몰라도 용송龍松은 꼭 보고 가야 한다는 괴산 사람의 권유 덕에 용 소나무 어르신을 만났다. 600년의 세월에도 소나무 어르신은 여전히 청춘의 기운이 넘치셨다. 땅에 깊이 뿌리 내리고 있으면서도 용 소나무 어르신은 동시에 하늘로 솟구치고 계셨다. 땅과 하늘을 잇는 다리가 거기 놓여 있었다. 땅의 기운과 하늘의 기운이 마주쳐 장엄한 춤사위가 벌어지고 있었다. 그날 내 일기장에는 이런 기록이 남겨져 있다.

멀찍이 떨어지지 않으면 온전히 사진을 찍을 수도 없는,
아주 크고 아주 오래 살아온 소나무.
그렇게 오래 살아왔으면서도 나무는 펄펄 살아있었다.
하늘로 올라가는 용이라는 사람들의 표현이 어색하지 않았다.
나무는 정말 용이 되는 중인지도 모른다.
그래서 저렇게 푸른 비늘이 돋고 있는지도 모른다.
나, 나이 먹었을 때
저렇게 푸른 비늘 입은 용이 되어 날아갈 수 있을까?

지구라는 행성이 탄생한 후 46억 년. 생명이 탄생한 이후 흐른 시간 38억 년. 화산 폭발과 대기 변화, 빙하기, 유성 충돌, 여러 이유로 대멸종 사태가 다섯 번이나 일어났고, 소규모 멸종도 숱하게 벌어졌다. 그래도 생명은 사라지지 않았다. 한 줌 남은 몇 생존자들이 다시 일어서고 다시 진화의 가지를 뻗었다. 개체로서의 생명은 유한하지만, 총체로서의 생명은 무한했다. 적어도 지금까지는 무한이었다.

그러나 잊지 말자. 개체로서의 생명이 유한하기에 총체로서의 생명이 무한할 수 있다. 우주는 무한하지만 지구는 유한하다. 지구의 자원도 유

한하다. 한 생명이 죽어야 다른 생명이 숨 쉬고 살아갈 빈 자리(空間)가 생길 것이 아닌가.

바다 건너 먼 땅, 미국 캘리포니아의 어느 산에는 4천 년을 넘게 살아온 소나무도 있다지만, 나이테로 확인해 보니 9천 년을 살았던 고사목도 발견되었다지만, 그 브리슬콘 소나무 어르신들도 언젠가는 돌아가실 것이다. 빈 자리를 만들어줘야, 마실 물을 남겨줘야 다음 세대의 나무들이 자랄 수 있는 법, 그 지엄한 생명의 법을 어길 수 있는 생물은 없다. 불멸을 욕망하는 생물의 이름을 우리는 이미 알고 있다. 암. 그리고 결국 암은 생물을 죽이고 자신도 함께 소멸한다. 어리석은 꿈. 불멸의 꿈.

영원히 푸른 청춘의 용으로 살아가실 것 같았던 괴산의 용 소나무 어르신도 어느 해 태풍에 쓰러지셨다. 사람들이 어르신을 살리려 애썼지만, 어르신은 하늘과 땅이 함께 정한 자신의 운명을 받아들이셨다. 소식을 들었을 때 슬프지 않았냐고? 말이라고 하는가. 당연히 슬펐다. 장례식장에서 상주를 위로하느라 하는 말, 호상好喪은 그냥 말일 뿐이다. 아무리 복된 삶을 살다 편히 돌아가셔도 상주에게 망자의 죽음은 여전히 아프고 슬플 수밖에 없다. 그래도 용 소나무 어르신은 살아 존경받았고 사랑받았다. 어르신이 남긴 후손도 잘 보살핌받으며 자라고 있다.

용 소나무 어르신의 후손도 또 몇백 년을 살아 용의 호칭을 얻게 될까? 다시 600년 후에도 여전히 사람들은 용을 신성시하고, 여전히 나무 어르신들의 지혜로운 이야기에 귀를 기울일까? 그러리라고 믿는다. 인간이 어리석게도 지구를 생명의 불모지로 만드는 일만 벌어지지 않는다면, 아주 먼 훗날 인간의 후손은 나무와 대화하는 방법을 찾아낼지도 모른다. 아니, 꼭 그럴 것이라고 나는 믿는다.

언젠가 내 유한한 생명의 시간도 끝날 것이다. 그 시간이 올 때까지는 나도 용 소나무 어르신처럼 끝까지 푸른 비늘을 빛내며 용틀임하는 생명이고 싶다. 어르신이 가르쳐주신 대로 살아서, 어떻게든 살 수 있을 때까지는 살아서 이야기하고 싶다. 지금 하는 용 소나무 어르신의 이야기를 비롯해, 내가 하는 모든 이야기들이 바로 내가 후대에 물려줄 유전자일 것이니. 지구에 생명이 이어지는 동안에는 끝없이 되풀이되고 가지를 뻗어나갈 이야기들……

살아라, 살아서 이야기해라!

꽃이 피려면
슬픔이 먼저
땅에 뿌려져야 한다

한 여인을 그리워하다 피를 토하며 죽은 젊은 스님이 꽃으로 피었다던가? 전설은 슬프고 꽃은 환하다. 꽃이 피려면 슬픔이 먼저 땅에 뿌려져야 하는가?

어느 가을, 선암사에 갔다가 꽃무릇을 만났다. 그때만 해도 많이들 그러듯 나도 꽃무릇과 상사화를 구분하지 못했다. 상사화의 전설을 꽃무릇의 전설로 알았다. 꽃이 피었다가 지고 나서야 잎이 나온다고, 꽃과 잎이 끝내 만나지 못한다고, 죽음에 이른 상사병이 꽃으로 핀 거라고만 알고 있었다. 그래서 꽃무릇을 보았을 때 비장해질 수밖에 없었다. 상사병이라면 나도 거의 선수급이라고 자부했던 인생이었으니 그럴 만했다.

피는 토하지 않았지만, 밥과 술은 많이 토해봤다. 식음을 전폐하진 않았지만, 끼니는 숱하게 거를 만큼 지독한 사랑앓이, 꽤나 여러 번 해봤다. 이렇게 아플 바엔 차라리 죽는 게 나을지도 몰라, 그런 실연의 통증도 겪을 만큼 겪었다. 그해 가을, 선암사 꽃무릇을 만났을 때, 사실 죽을 만큼 힘들던 실연의 시련에서 겨우 벗어난 참이었다. 그래서 별수 없이 슬픔이 먼저 땅에 뿌려져야 꽃이 핀다고, 센티멘털 쟈니가 아니라 센티멘털 준이가 될 수밖에 없었다.

슬픔은 날카로울 때만 꽃이 될 수 있다. 무뎌진 슬픔은 꽃으로 피지 않는다. 시가 되지도 못하고 잘해야 산문이 될 수 있을 뿐이다. 꽃이 피려면 슬픔이 먼저 땅에 뿌려져야 하는가? 실연의 한복판에 있을 때 선암사 꽃무릇을 만났더라면 얼마나 좋았을까? 그랬다면 이런 흔해빠진 산문 말고 정말 피처럼 붉은 연애시가 나올 수도 있었으련만. 꽃무릇과 나의 시절인연이 그만큼이었던 것이니 아쉬워하면 뭐하랴.

꽃무릇의 한자 이름은 석산石蒜이란다. 돌 석, 마늘 산. 돌마늘. 어라? 전설하고는 거리가 먼 이름일세? 게다가 마늘이면 스님들한테는 먹지 말아야 할 오신채 중 하난데? 아무리 먹지 않는 꽃이라고는 해도 마늘과의 식물이 절집에 그리도 많이 심어진 건 또 무슨 조화인고? 그렇잖아도 금지된 슬픈 사랑의 전설을 담은 꽃이 절집에 흔한 걸 보면서 도대체 설명할 방법을 못 찾아 골치가 아팠는데 거참 이상하네. 혹시 큰스님들이 젊은 스님들에게 "여색에 한눈팔면 너도 저렇게 피 토하고 죽는다!" 가르치려고 심었을까? 에이, 설마! 꽃으로도 때리지 말라 했거늘, 큰스님들께서 꽃으로 협박을 했을 리가!

시는 저릿하고, 산문은 밋밋하고, 과학적 설명은 칙칙하다. 꽃무릇 줄기에서 추출하는 녹말에 방부제 성분이 있어 탱화나 단청을 그릴 때, 또 경전을 제본할 때 사용하면 좀도 안 슬고 색도 바래지 않는단다. 절집에 꽃무릇이 그리도 많은 건, 결국 생활의 지혜였다. 조금 허탈한가? 차라리 몰랐으면 좋았겠는가? 슬픈 전설만 아름답게 간직하는 게 백 번 나았을까?

허구한 날 가슴에 든 피멍 내보이며 시를 쓰던 시절이었다면, 저런 과학적 설명 같은 건 보고도 그냥 지나쳤을 것이다. 시는 아니라도, 적어도 읽는 사람 가슴 저릿하게 만드는 산문은 썼을 것이다. 서글프다. 이제 어쩌면 내 안에 더 이상 꽃무릇 피울 촉촉한 흙이 남아 있지 않은 것 같아 서글프다. 사랑, 그거 지나고 나니 다 별거 아니더라, 죽을 것 같았는데 다 살아지더라, 그거 심지어는 죄다 뇌에서 호르몬이 벌이는 화학 장난질의 결과라더라…… 그런 노털의 푸석푸석한 지식만 남은 것 같아 서글프다. 지혜는 언제 오려는지 아직 소식도 없는데.

그래도 살아온 가락으로, 그 숱하게 많았던 꽃무릇의 날들 덕에 좌절은 안 한다. 피 같은 사랑이 지나가야 붉은 꽃이 피듯, 서러움이 지나가야 쓸모 있는 줄기 녹말도 생기는 법, 그것이 어쩌면 부처께서 말한 법法(다르마)일지도 모른다. 아픈 사랑에 눈물 쏟고, 그래도 그 사랑이 다음 상처를 곪지 않게 도와줄 항생제가 된다는 교훈을 얻으면 그건 지혜의 반열에 드는 지식이라 할 수 있을까?

사랑, 그거 별거 아니더라. 그런데 또 황당하더라. 이만큼 겪고 이만큼 아팠으니 이제 사랑 같은 거 찾아와도 문밖에서 쫓아 보낼 거라고 철석같이 믿었는데 또 달라붙더라. 그 푸석푸석한 마음밭에서 또 새빨간 꽃을 피우더라. 그러니 또 슬프더라. 어쩔 것이여, 슬픔이 땅에 떨어져야 꽃이 핀다는데, 전설이 슬플수록 꽃은 환해진다는데.

다음번에 선암사든 선운사든 길상사든, 어느 절집에서 꽃무릇 만나거든 꽃으로 환생한 그 전설 속 젊은 스님을 위해 합장 한번 해드리자고. 부

처님 가시고 절집 생긴 뒤에 흐른 세월이 얼만데 그 세월 동안 전설 속 그 꽃스님 같은 스님들이 어찌 없었겠냐고. 어디 한둘이었겠냐고. 스님들한테도 그런데, 속세에 파묻힌 중생에게 사랑이 어디 한두 번만 찾아오겠냐고. 그러니 또 사랑이 찾아오거든 문전박대는 하지 말자고. 그저 잘 다독여 잠시 쉬었다 가게 하자고. 그러면 또 꽃무릇 꽃잎처럼 시도 펼쳐질지 누가 아냐고.

기쁨은 분노의 씨앗, 슬픔의 씨앗

외출한 김에 출판사에 들러 차도 얻어 마시고 피자도 얻어먹었다. 한 아우가 그런다. "오빠, 요즘 오빠 페북 보니까 분노가 펄펄 넘치던데, 걱정돼요. 오빠 건강에도 안 좋을 텐데." 뭐 정확히 그런 말을 한 건 아니지만 맥락이 그랬다는 얘기다. 세상 돌아가는 꼬라지 덕에 어쩔 수 없다고 푸념했다. 페북에서라도 얘길 안 하면, 계란으로 바위치기라도 하지 않으면, 아예 세상이 지옥으로 굴러 떨어질 판이니 어쩌냐고 비분강개했다. 분노하지 않으려면 뉴스를 안 보고 살아야 하는데, 눈 닫고 귀 닫고 입 닫고 살면 평화가 얻어질까? 내 살아온 깜냥으론 아니올시다~란 결론밖엔 안 나온다.

다시 문제는 균형이다. '정당한 분노'라면 분노해야 한다. 다만 분노가 가슴을 다 채워선 안 된다. 왼쪽이든 오른쪽이든 가슴 반쪽을 분노로 채운다면 그 맞은편 반쪽은 분노 아닌 것, 그것이 평화이든 사랑이든 측은지심이든 온유함이든 온전한 기쁨이든, 아무튼 뭔가 아프지 않은 것으

로, 어둡지 않은 것으로, 배고프지 않은 것으로 채워야 한다.

하여, 나의 선택은 다시 이 빛나는 씨앗이다. 아무리 한반도 상공에 북극에서 내려온 찬 공기 덩어리가 버티고 있어도 한 줌 햇살에 기뻐서 어쩔 줄 몰라 온몸으로 떨고 있는 씨앗이다. 나도 저렇게 씨앗처럼 내 안에 봄을, 여름을, 가을을 지키면 된다. 한 줌 햇살에 기뻐서 떨면 된다. 그 기쁨의 에너지로 다시 분노하면 된다. 그 기쁨의 에너지로 다시 슬퍼해도 된다. 어째 말이 거꾸로 된 거 같다고? 분노와 슬픔이 쌓이고 쌓여서, 지극한 열과 압력으로 결정結晶을 이루면 그때 기쁨이 되는 거 아니냐고? 그러니 분노와 슬픔이 기쁨의 씨앗이고, 기쁨은 분노와 슬픔의 열매라야 맞는 거 아니냐고? 맞다, 그 말이 백 번도 맞고 만 번도 맞다.

그런데 우주의 모든 것이 쌍을 이룬다는 것, 혹시 아시는지? 우주 만물이 대칭을 이룬다는 것 말이다. 물질과 반물질, 중력과 반중력, 선과 악, 음과 양…… 우주의 모든 것이 쌍을 이루고, 쌍을 이룬 것들은 마주보며 회전한다. 행성도 회전하고 은하계도 회전한다. 아마 우주 그 자체도 회전하고 있을 가능성이 크다. 그 회전에서 에너지가 나온다. 전자도 돌고, 지구도 돌고, 은하계도 돌고, 돌고 돌고. 회전의 방향은 바뀔 수도 있다. 우주의 회전에는 우회전, 좌회전 다 있다.

때로는 기쁨이 분노와 슬픔의 씨앗이 될 수도 있다. 기뻐할 수 있어야 그 에너지로 분노도 하고 슬퍼할 수도 있다. 그러니 우리, 기쁘게 살자. 착하게만, 정의롭게만 살지 말고 기쁘게도 살자. 사람이 너무 착하게만 살면 인생이 슬퍼진다. 내 슬픔에 남의 슬픔까지 모두 떠안고 신음하게 된다.

너무 정의롭게만 살아도 인생이 피곤해진다. 내 잘못에 남의 잘못까지 모두 속에 담아 부글부글 끓이다가 자칫하면 자기도 죽이고 남도 죽인다.

다시 문제는 균형이다. 우주의 모든 것이 쌍을 이뤄 회전해야만 우주가 유지될 수 있다. 물질과 반물질이 만나면 거대한 폭발 에너지를 분출하며 둘 다 사라져버린다. 기쁨과 슬픔, 평화와 분노도 그렇다. 너무 큰 힘으로 충돌하면 둘 다 무너져버린다. 그래서 남는 것이 있다면 좋겠지만, 기쁨과 평화만 남는다면 더할 나위 없이 좋겠지만, 우주는 그렇게 생겨먹지 않았다.

우주의 마지막은 엔트로피 법칙에 의해 모든 것이 차갑게 죽은 상태일 거라고 과학자들이 얘기하지만, 나는 조심스럽게 그 공인된 이론을 의심해 본다. 반물질이 존재하는 게 사실이라면 반엔트로피도 존재할 가능성이 있지 않을까? 사실은 우리 주변에 반엔트로피가 널려 있다. 생명! 죽음과 무를 파트너 삼아 회전하는 원무를 추는 생명. 당신과 나 또한 반엔트로피의 증거다. 엔트로피의 증가가 우주의 법칙이듯, 슬픔과 분노가 날마다 쌓이는 것도 인생의 법칙이다. 슬퍼해야 할 때라면 슬퍼하자. 분노해야 할 때라면 분노하자. 그래야 인간이기를 유지할 수 있다면 그렇게 하자. 다만 슬픔의 사이사이, 분노의 사이사이에 기쁨의 씨앗을 뿌려놓자.

우주의 회전은 닫힌 원의 회전이 아니라 나선을 그리며 어디론가 열린 방향으로 나아가는 회전이다. 지구가 태양을 도는 회전은 고정된 태양을 중심으로 한 타원형으로 우리 머릿속에 저장되어 있다. 하지만, 사실은 태양계와 은하계도 회전하며 어디론가 이동하는 중이기 때문에, 더 큰 그림으로 보면 지구는 끝없이 나선을 그리며 이동하면서 회전하고 있다. 우리의 슬픔과 기쁨, 분노와 기쁨도 그렇게 나선을 그리며 어디론가, 우리가

아직 알지 못하는 어느 지점을 향해 회전 및 진행 운동을 동시에 수행하는 것이리라. 우리의 슬픔, 기쁨, 분노도 분명히 이 우주에 어떤 용도로든 필요하기에 인간에게 내재된 것이리라.

어이쿠, 씨앗 한 알 얘기하다가 이게 무슨 귀신 씨나락 까먹는 우주 얘기람! 하긴 모래 한 알에서 우주를 본 시인도 있는데, 씨앗 한 알이면 모래 한 알보다 어마무시 위대한 존재 아닌가? 씨앗을 봐서라도 기쁘게 살자. 또 슬퍼하고 또 분노하더라도 기쁜 순간은 기쁘게 누리자. 그래야 우주가 열린 나선의 회전을 계속할 수 있을 테니까. 아마 영원히……

긴 그림자 끌고

단풍. 丹楓. '단'이야 물론 '붉을 단'인데 '풍'은 '단풍나무 풍'이란다. 그러니 원래 단풍은 단풍나무의 잎을 가리키는 것인가? 아니면 사시사철 붉은 기운을 보이는 단풍나무의 잎이 다른 나무들의 가을 잎을 대변하는 보통 명사가 된 것인가? 조금 더 근원에 가까운 단어를 찾아본다. 단풍, 붉을 단, 나무바람 풍. 나무 木+바람 風=楓. 나무가 바람을 맞으면, 바람을 끌어안으면, 단풍이 되는구나.

길게 그림자를 끌고 단풍잎이 길에 누웠다. 다음 바람이 한 번 더 불면 어디론가 떠날 것이다. 쓸쓸했냐고? 음, 잘 모르겠다. 떠나야 할 시간에 떠나는 것은 꼭 그렇게 쓸쓸해야 할 일이 아니다. 오히려 쓸쓸한 건 내가 덤덤 담담했다는 바로 그 사실이다. 명색이 시인인데 왜 이리 모든 것에 자꾸 덤덤 담담해지는지. 어느 영원히 젊은 시인의 말처럼 "잎새에 이는 바람에도 괴로워"져야 시가 나오는 법인데. 가을잎이 바람을 온몸으로 끌

어안고 단풍 들듯 나이도 온몸으로 끌어안으면, 또 누가 아는가, 어느 날 내 주름진 손가락이 고운 단풍 든 시 하나 세상에 내놓을지.

잘 가시게, 붉은 나무바람이여.
한 생애 내내 불어준 바람으로 활활 잘 탔으니
이제 그 바람 타고 가벼워져서 훨훨 잘 날아가시게.
내년 봄 바람 불면 그 바람 타고 또 오시게.
자네 다시 올 것을 내 아니 쓸쓸해하지 않으려네.
그 긴 그림자도 어서 떼어내고 홀가분하게 잘 가시게.

철들다

연만큼 계절을 온몸으로 드러내는 식물이 또 있을까? 어느 늦은 가을 여행길에 동행했던 친구가 연밭에 들르자고 했을 때, 나는 말했다. 가을엔 연꽃 심어진 연못엔 별로 가고 싶지 않아…… 한 시절 무성하게 잎 키우고 화사하게 꽃 피웠으니, 스러지고 물에 잠겨 썩어가는 일, 당연하고 당연한 일인데. 나는 여전히 시든 잎, 시든 꽃 보기를 꺼려하고 두려워했다. 철이 덜 든 탓이었다.

철들다. 세월이 흘러 몸에 철분이 쌓인다는 뜻이었을까? 그래서 행동거지도 묵직해지고, 웬만한 일로는 흔들리지 않게 된다고 그런 말을 만들었을까? 에이, 옛사람들이 우리 몸 안에 철분이 있다는 걸 알지도 못했을 텐데 무슨 귀신 연밥 까먹는 소리! 그저 몸 안에 계절이 들어찬다는 얘기겠지. 살다 보니 봄도 겪고 겨울도 겪고, 이런 일에 슬퍼하고 저런 일에 기뻐하고, 그러면서 세상 이치를 알게 되고, 그러다 보니 어리석은 짓도 덜하게 되고, 웬만한 일에 휘둘리지 않게 되면 그게 철드는 거라는 뜻이겠지.

가을에 시든 연잎을 보는 게 힘들었다는 건, 내가 여전히 사소한 일에도 비틀거리고 휘청거렸다는 증거다. 그리 오래전 일도 아니다. 불혹의 나이에도 그랬다. 여전히 내 안에 철부지 한 녀석이 살고 있었다. 포에버 영, 영원히 청춘으로 살 거야! 노래 부르고 춤추며 천방지축 날뛰고 있었다.

열일곱 살 시절, 스포츠머리 휘날리며 쏘다니던 어느 날, 밤늦은 버스에서 친구와 속닥거렸던 대화가 갑자기 기억의 수면으로 떠오른다. 많지 않았던 승객 중에 술 취한 중년 사내가 있었다. 사내는 머리를 뒤로 젖힌 채 코를 골며 잠들어 있었다. 넥타이는 느슨하게 풀어져 있었고, 두툼한 뱃살도 사내의 호흡을 따라 위아래로 출렁이고 있었다. 친구놈이 내 귀에 대고 중얼거렸다.

"저 수컷 좀 봐. 우리는 절대 저런 수컷이 되지 말자. 마흔이 되기 전에 죽어버리자."

내가 뭐라고 대답했을까? 키득키득대면서 그래, 그러자, 했다. 엉덩이에 뿔난 못된 송아지들. 밥벌이의 고단함, 삶의 지리멸렬함이 얼마나 지엄한 명령인지 꿈에도 모르면서, 세상을 다 안다고 착각했던, 삶이 의지대로 풀려간다고 믿었던, 어리석고 또 어리석은 철부지 문학소년들……

하긴 그 철부지들을 탓할 일만은 아니다. 열일곱 시절엔 날마다 시 한 편이 써졌고, 그 시들은 한 편 한 편이 다 연꽃처럼 화려한 필생의 걸작이었으니까. 그렇게 시를 쓰며 살면 술에 취해 뱃살 들썩이며 버스에서 잠드는 삶 같은 건 절대로 내게 오지 않을 거라고, 철석같이 믿었던 시절이니까. 오지 않은 미래를 철석같이 믿는다는 건, 철이 안 들었다는 증거다. 하지만, 철이 안 들었기에 시인을 꿈꾸며 매일 시를 쓸 수 있었을 게다.

연꽃이 피려면 연못이 진흙탕이어야 한다는 걸 알았더라면, 일찍 철들었더라면, 시 같은 건 쓰지 않았을 게다.

연밭으로 차를 돌려 나를 끌고 간 그 친구에게 뒤늦게 감사한다. 시들어 고개 꺾은 연잎, 물에 잠겨 썩어가는 연잎을 내게 보여준 친구에게 이제는 감사할 수 있다. 철이 조금은 든 탓일까? 스러지는 것들의 아름다움을, 썩어가는 것들의 여유로움을 알아볼 만큼의 계절이 흘렀다. 또 한 철, 계절이 돌아오면 다시 잎이 솟아나고 꽃이 필 것이고, 그러기 위해선 지금 계절의 연잎과 연꽃이 떠나야 한다는 걸, 머리가 아니라 몸으로 알 수 있을 만큼 세월도 흘렀다.

내 안에 계절이 꽉꽉 들어차 더 이상 새로운 계절이 돌아오지 못할, 그런 날도 언젠가 오겠지. 한 시절, 두 시절, 시절인연들에 연연하지 않을 날이. 그런 날이 오기 전까진 끝없이 이렇게 연연하며 살겠지. 철들면 죽는다고 옛사람들이 빈말로 한 게 아닐 테니까.

말이 씨가 된 것일까? 수컷이 되지 말자고, 마흔이 되기 전에 죽어버리자고 키득댔던 친구 녀석은 마흔은커녕 서른도 되기 전에 스러져버렸다. 열일곱 철부지들이 어떻게 말이 씨가 된다는 걸 알겠는가? 몰랐으니 입에 나오는 대로 떠들고, 손에 잡히는 대로 시를 썼겠지. 오랫동안 힘들었지만, 이제 괜찮다. 일찍 피었다가 일찍 시드는 연꽃도 있는 법이라는 걸 이제는 받아들일 수 있다. 친구가 남긴 시들은 여전히 연꽃으로 피고 또 핀다.

나는 어찌되었냐고? 뱃살 안 내보이려고 공깃밥을 줄이면서도 술자리에서 안주는 죽어라고 주워 삼킨다. 술에 취해 지하철에서 잠들었다가 순환선 한 바퀴를 돌고 깨어난 적도 있다. 마흔은커녕 오십을 넘겨서도 여전히 꾸역꾸역 산다. 가뭄에 콩 나듯이 시도 끄적거린다. 연꽃은커녕 개구리밥보다 한참 초라한 시일망정 그래도 쓴다. 철이 든 것도 같고, 아닌 것도 같고, 모르겠다. 철들려면 아직 멀었다는 얘기다.

좀 쓸쓸한 얘기였나? 사족 하나 덧붙이는 걸로 용서를 빈다. 연밥 키운 다음 연꽃과 연잎들은 죄다 누웠는데 철모르는 수련이 누런 잎 아랑곳없이 피어 있었다. 그 밑에선 또 한 녀석이 수면 위로 봉오리 내밀고 있었고. 철들려면 아직 먼, 아직 거쳐가야 할 계절 많기도 많은 나…… 아직 철들려면 멀어서 좀 좋은가. 큰 연꽃으로 살지 못했으면 어떤가. 작은 수련으로 살아서 연꽃보다 조금 더 길게 꽃 피우면 그것도 좋은 일 아닌가. 암. 좋고말고.

몸으로
징검다리
만들면 된다

마음에 섬 하나 숨기지 않은 생이 어디 있으랴.
그 섬으로 건네다 줄 나룻배 기다리다 시들고 또 시들어도
또 그 물가에 다시 길게 목 빼고 서서
기다리지 않을 생은 또 어디 있으랴.

한 뿌리에 한 뼘,
두 뿌리에 두 뼘,
세 뿌리에 세 뼘
하세월 기다려도 오지 않는 나룻배는 그만 잊어버리고
한 세상씩 살면서 뿌리로 진흙 긁어모아
한 뼘씩 다음 생의 나루터 더 넓히며 살면 된다.
그렇게 몸으로 징검다리 만들면 된다.
그렇게 살다 보면 어느 생엔가는
그 숨은 섬, 발밑에 있을지도 모르니,
섬도 그렇게 몸으로 징검다리 만들며
수많은 생을 살아왔을 것이니,
그때 수고했노라고 등 토닥토닥 두드려주면 된다.
부둥켜안고 꺽꺽 마른 갈대 울음, 맘껏 울어도 된다.
건너편 섬도, 이편 나루터도 다 갈대가 만든 것을.

연의
꿈

연밥은 제 할 일을 다 했다.
연씨를 다 떠나보낸 연밥은 가볍다.
씨앗들은 다 가라앉았을 텐데
텅 빈 빈 연밥은 가벼워, 너무 가벼워,
가라앉지도 못한다.

연못이 언다.
순식간에 곤두박질친 기온이
연잎을, 연밥을 물에 못 박는다.
꽝. 꽝. 꽝.
살아생전에도 연못에 갇혀 있더니
스러져서도 내내 얼음에 갇혀야 한다.

그러나, 그러나
연밥이 가벼워졌다고,
그 손바닥만 한 좁은 연못에 갇혔다고
연밥의 꿈마저 가벼워졌을 거라고,
갇혀버렸을 거라고 생각하는가.

아서라, 말아라.
한 겹의 우주가 다시 한 바퀴를 돌고
여름이 오면 다시 피어날
수억 송이의 연꽃을 헤아려본 적이 있는가,
그 연꽃 진 자리에 다시 매달릴 연밥의 무게를
단 한 번이라도 헤아려본 적이 있는가.

그 아득한 꿈의 무게를.

꽃 기르는 사내,
꽃 그리는 사내

추운 정초에 따뜻한 남쪽 나라는 못 가고 그 대신 덜 추운 남쪽 지방을 순례했다. 오랜만에 친구들, 아우들의 얼굴도 보고 새해 덕담도 나눴다. 그런 일정의 마지막이었던 바닷가 도시. 우리 자생 식물과 분재 가꾸기에 푹 빠져 있는 아우는 나의 방문에 맞춰(!) 청매가 꽃을 피웠다며 매화 분재를 들고 나타났다. 술상 가운데에 올려놓고 술잔 부딪치면 술잔마다 매향이 번질 거야. 허, 신선 놀음이 따로 없겠구나.

그런데 아뿔싸! 서울에서 친구 내려왔다고 여기저기서 모여드는 친구와 아우들이 우선 집결할 장소를 내가 잘못 골랐다. 한국화 그림쟁이 아우의 화실로 일단 다 모이자. 청매 피워낸 아우가 청매를 들고 화실에 나타났을 때, 모든 사람이 감탄하고 경탄하고 심지어 한탄까지 했다. 한탄은 왜? 너무 갖고 싶은데 그 청매를 키우려면 얼마나 많은 정성과 시간이 필요한지를 익히 짐작할 수 있으니 달라는 말도 못하고, 사고 싶다는 말도 못하고, 아이고 한탄만 나오지.

모두들 호들갑을 떨었지만 그중에 호들갑 최고 갑은 한국화가 아우의 몫이었다. '매란국죽'의 첫째가 무엇인가? 매화 아닌가! 그것도 겨울 한복판에 피어난 설중매라니! 평생 매화 그림 그려온 사람에게 그 만남이 얼마나 황홀한 연애의 시작이 되었겠는가. 늙다리 화가 아우의 얼굴도 청매만큼이나 환하게 피었다. 결국 청매는 그날의 술상에 올라가지 못했다. 수묵화 한 점과 자리를 바꾸어 화실에 오래 머무르는 처지가 되었다.

청매가 꽃을 피우기까지의 시간과 수묵화 한 점이 완성되기까지의 시간을 비교할 수 있을까? 어디서 감히 그런 조폭 똘마니짓을! 꽃도, 그림도 결국은 또 다른 좋은 주인을 만나 자리를 옮긴 것이다. 운 좋게도 나는 그런 아름다운 자리바꿈의 현장을 목격했고 덩달아 행복했다. 코와 눈도 행복했고, 영혼까지 매향으로 채워지는 듯했다. 꽃을 기르는 사내와 꽃을 그리는 사내의 아름다운 물물교환. 돈이라는 이름의 허깨비는 한 치도 끼어들 틈 없던 마음의 맞바꾸기. 그래, 이런 게 사는 맛이지. 이런 게 매화 기르는 맛이고, 그림 그리는 맛이지.

그 오랜 시간과 정성을 들여 기른 청매 분재의 값을 누가 매길 수 있을까? 그 오랜 공부의 시간과 불면의 작업을 거쳐 태어난 수묵화의 값을 누가 매길 수 있을까? 그러나 먹고살기 위해 매화에도 값을 매기고 수묵화에도 값을 매겨야 하는 게 우리의 삶이다. 청매도 물을 먹어야 하고 수묵화도 먹과 종이가 있어야 하니 사고팔아야 할 수밖에 없다. 하지만, 가끔씩은, 아주 가끔씩이라도 지폐가 끼어들지 않는, 인터넷 송금이 끼어들지 않는, 그런 아주 오래된 방식의 맞바꿈, 또는 서로 그냥 선물하기가 벌어진다면, 인생이 얼마나 환해지겠는가. 꽃 기르는 사내와 꽃 그리는 사내, 그리고 옆에서 지켜보는 사람들을 모두 행복에 떨게 만들었던 그날처럼 말이다.

아, 저 청매의 향기를 사진은 전달하지 못한다. 무슨 걱정! 향기는 기억으로 맡으면 되지. 매화 꽃잎은 떨어져도 기억은 시들지 않는 법이다. 그림쟁이들이 죽어라 매화를 그리는 이유가 별거겠는가? 그림 속 매화도 그윽한 향기를 담아 긴 세월 흘려보내는데 사진이라고 그리 못할 건 또 무언가? 매화 만나 연애질에 푹 빠진 늙다리 한량의 얼굴도 여전히 이리 향기롭다.

겨울도
기쁨의 정원

겨울엔 조금 외롭고 쓸쓸해도 된다.
겨울은 그러라고 있는 거니까.
씨앗도 뿌리도 잠자는 시간엔
사람도 따뜻한 아랫목에서 늘어져도 된다.
쉬라고, 자라고 겨울이 오니까.

그렇게 잘 쉬어야, 잘 자야
또 깨어나고 또 피어날 테니까.
겨울엔 조금 많이 외롭고 쓸쓸해도 된다.
그래야 기쁨의 봄이 오니까.

사진 속의 토우들은 제주 성읍에서 작업하는 김숙자 선생님의 정원에 놓인 토우들입니다. 귀한 작품들을 마음대로 책에 쓰라고 선뜻 허락해 주신 김숙자 선생님께 감사드립니다.

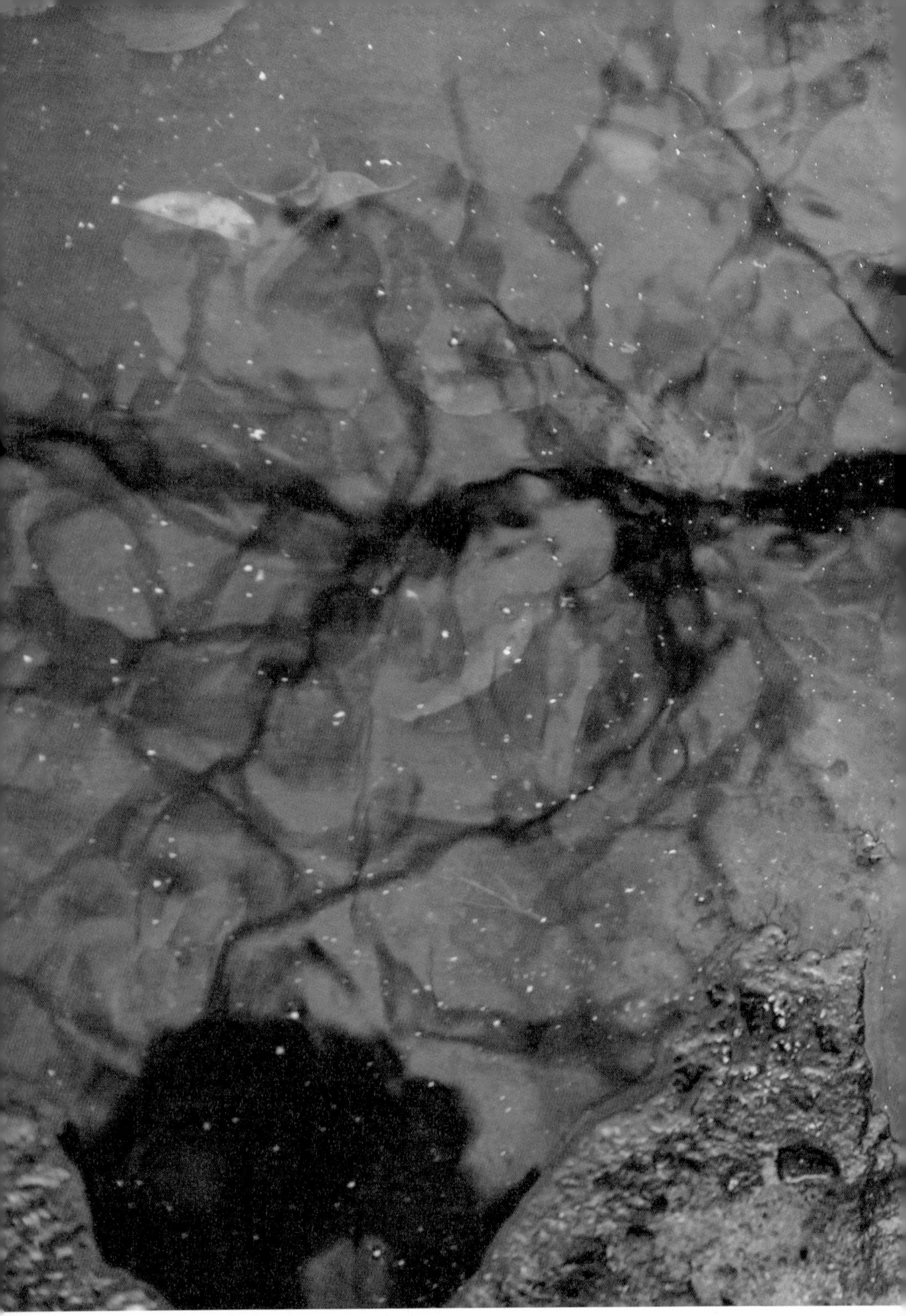

3

그대를 위해 정원을 훔쳤다

나무들의 대성당

디렌. 네덜란드 동부의 작은 소읍 이름이다. 인구 10만의 작은 도시 아른헴에서 기차를 타면 10여 분, 천천히 걸어가면 두 시간 반쯤 걸린다. 아직까지 걸어서 디렌에 가본 적은 없다. 그런데도 굳이 걸으면 얼마나 걸리느냐고 물었던 이유는? 언젠가 꼭 한 번은 아른헴에서 출발해 걸어서 그곳에 가고 싶었기 때문이다. 네덜란드 사람이 아니라면 아마 이름도 생전 들어보지 못했을 그 작은 동네에 돌아가고 싶은 이유는? 기차로 10분, 자동차로 20분쯤 걸리는 그곳에 두 시간 반을 걸어서 가고 싶은 이유는?

그곳에 대성당이 있기 때문이다. 그리고 걸어서 가면 너른 숲을 통해 그 대성당으로 들어갈 수 있기 때문이다. 1만 2천 에이커의 국립공원. 감이 안 잡히리라. 1,500만 평 조금 안 된다고 보면 된다. 에이, 겨우 그거 가지고 유난 떨기는! 할 사람도 있으리라. 북한산 국립공원이 2,300만 평이 넘는데? 아, 잠깐! 디렌의 국립공원이 특별한 이유는 그 넓이가 아니

라 높이에 있다. 제일 높은 산(!)이 해발 1미터 될까 말까 한단다! 국토의 대부분이 해수면보다 낮아서 나라 이름도 '낮은 땅'인 네덜란드에서 사람들은 해발 1미터의 언덕에 여왕의 이름을 붙여 극진히 모신다. 카롤리나 힐. 네팔에선 해발 3천 미터 고지도 언덕으로 불리는데 말이다.

디렌, 마을 이름 치곤 조금 이상한 이름이라는 설명을 들었다. 네덜란드 어로 'dier'는 동물이고 'dieren'은 그 복수형이란다. 조용하고 평화로운 마을에 어찌 그런 이름이 붙었을까? 혼자 상상해 보았다. 마을 뒤에 자리 잡은 숲 때문일 거라고, 사슴과 멧돼지들이 아무 두려움 없이 풀을 뜯고 도토리를 주워 먹는 그 숲 때문일 거라고. 사람이 아니라 동물이 주인인 땅임을 선포하기 위해 디렌이라는 이름을 붙였을 거라고.

벌써 8년이 지나버린 어느 이른 봄날, 처음 디렌의 그 숲을 만났을 때를 기억한다. 혼이 빠진다는 게 이런 거구나 싶었다. 히말라야 언저리의 숲에도 가봤고, 알프스 자락의 숲에도 가봤고, 독일의 검은숲에도 가봤다. 숲은 어디나 장엄하고 아름다웠지만, 디렌의 숲은 그 어느 숲과도 달랐다. 아, 말은 언제나 빈약하고 허술하다. 사진기를 발명한 천재들이여, 복을 지었나니. 그것도 아주 큰 복을 지었나니.

열심히 셔터를 눌렀지만, 결국 실패한 사진이다. 겨우 24밀리미터 렌즈로는 내 눈에 들어와 내 영혼을 압도했던 그 나무들의 대성당을 보여줄 수가 없다. 아니다. 비싼 광각 렌즈가 있었다고 해도 역시 마찬가지였을 것이다. 광각 렌즈는 인간의 눈처럼 왜곡 없이 넓고 깊은 풍경을 보여주지 못한다. 사진의 기술을 좀 더 제대로 배웠더라면 좀 나은 사진을 찍었을 것은 분명하지만, 그런 부지런함과 끈기는 신이 내게 내려주신 은총이 아니다. 그러니 그냥 이 정도로 용서해 다오. 나무들의 대성당이라는 내 설명이 결코 과장법이 아니라는 것만 믿어다오.

아직 새 잎들이 돋아나기 전이었다. 숲의 입구에 마치 대성당의 기둥들처럼 웅장하게 줄지어 선 나무들 사이를 걸으며, 내가 겪었던 그 신비한 체험은 사진으로도 말로도 표현할 수 없는 영역이다. 이상하게도 깊은 평화. 고작 그 정도가 내가 할 수 있는 표현의 전부다. 하긴 신비가 어디 말로 설명되는 것이던가. 말로 내뱉는 순간에 신비는 일상으로 전락하는 법인데. 글이든 사진이든 신비를 보여줄 수도, 설명할 수도 없다. 그저 언저리를 건드릴 수 있을 뿐이다.

유럽의 수많은 대성당을 구경했다. 가톨릭 신자는 아니지만 성당에 들어가면 성호를 긋고 무릎 꿇어 절하는 예절을 지켰다. 절집에 가면 어린 시절 엄마에게 배운 대로 부처님 앞에 삼배 올리는 것과 똑같이 예의를 지켰다. 어느 대성당도 디렌, 나무들의 대성당처럼 나로 하여금 무릎 꿇고 기도하고 싶은 마음을 불러일으키지 않았다. 한 걸음 한 걸음이 내가 어느 신에게 바치는 기도가 될 수도 있다는 생각이 들었다.

나를 그곳에 데려가 준 네덜란드 아빠 딕에게 말했다. 잎이 막 돋아날 때, 잎이 무성해졌을 때, 잎이 단풍으로 물들 때, 눈이 내릴 때 이 나무들의 대성당에 다시 오고 싶어요. 앞으로 몇 번이나 더 아른헴에 올 수 있을지 아무도 모르지만, 그래도 이 나무들의 대성당을 계절마다 한 번씩은 다 보고 싶어요. 네덜란드 아빠가 말했다. "언제든지 오면 되지. 나무들의 대성당이라고? 이 숲길을 그렇게 부르다니, 너 역시 시인 맞구나."

흐려진 기억, 또는 지우려 애쓴 기억이 다시 선명해지기 시작한다. 나무들의 대성당이 어쩌다 그렇게 내 영혼을 신비로 감쌀 수 있었는지도 조금씩 되짚어볼 수 있다. 그때 나, 지독히, 정말로 지독히 지쳐 있었다. 신비가 말로 표현되지 않듯, 지극한 슬픔과 지극한 절망도 때로는 말로 설명할 수 없다. 엄마가 돌아가셨다. 평생을 고생만 하다가, 끝내 생의 마지막 5년은 반신불수의 몸으로 누워 계시다 가셨다. 아버지는 엄마의 장례도 알지 못한 채 병원에 계셨다.

엄마 아버지의 병원비와 간병인료를 벌기 위해 죽도록 일했다. 복사, 이어붙이기에 가깝도록 원고를 남발해야 했다. 엄마가 돌아가시자 진공 상태가 찾아왔다. 이제 뭐 하러 돈 벌고 살지? 엄마 살려야 한다는 목표 하나로 5년을 버텼는데 이제 뭘 위해 살지? 이번엔 또 아버지 살리려고 살아야 하나? 그만, 다 그만하고 싶어. 그 진공의 자리에 사랑이 찾아왔다. 그리고 가을에 찾아온 그 사랑이 봄에 깨졌다. 사랑이 깨지는 와중에 그 당시 내 인간 관계의 꽤 큰 부분이 함께 휩쓸려 사라졌다. 난생처음으로 정신과 의사를 찾아가 신경안정제를 처방받았다. 자, 이 정도면 내 지독했던 슬픔과 절망이 그럭저럭 설명이 되는가?

신경안정제 사흘 먹고 쓰레기통에 버렸다. 내 자신에 대한 모멸감을 견딜 수가 없었다. 살려고 발버둥 쳤다. 내가 잡을 수 있는 밧줄은 시밖에 없었다. 거의 매일 한 편씩, 약을 먹듯 시를 썼다. 슬픔을 붙들고 늘어졌다. 누가 이기나 해보자, 슬픔아. 그래서 슬픔으로 시집 한 권을 묶었다. 지금도 내가 자랑스럽다. 슬픔을 꽉 부둥켜안고 슬픔의 바닥으로 함께 내려간 내가.

치유? 시집 한 권에 치유되는 상처라면 상처 아니다. 그렇게 쉽고 빨리 이뤄지는 치유, 세상에 없다. 그렇게 값싸게 이뤄지는 치유, 삶에 없다. 슬픔의 바닥을 치고 올라오니 겨우 숨은 쉬겠는데, 이번엔 탈진 상태가 찾아왔다. 슬픔은 슬픔으로 위로할 수 있었지만, 슬픔으로 빈 정신 또는 영혼의 창고를 채울 수는 없었다. 어디선가 평화를, 기쁨을 찾아야 했다.

네덜란드 아빠가 내 심정을 텔레파시로 알았던 걸까? 메일이 날아왔다. "엄마의 예순 번째 생일인데, 혹시 올 수 있겠니? 엄마한테는 끝까지 비밀로 하고. 비행기 삯은 나하고 아이들이 모아서 보내줄게." 어차피 친구들이 먹여주고 재워줄 테니 돈은 많이 필요치 않았다. 엄마 아버지 병원비로 긁은 신용카드 덕에 항공 마일리지가 잔뜩 쌓여 있어서 비행기도 거의 공짜로 탈 수 있는데, 왜 안 가랴. 갈게요.

짧게 쓰려고 했는데 결국은 이렇게 길어져버렸다. 이것도 오랜 치유 과정의 한 부분이라고 해두자. 나무들의 대성당이 내게 그토록 깊은 평화, 그토록 큰 기쁨으로 다가왔던 이유는 거기 있었다. 내가 텅 비어 있었기에. 분노와 슬픔까지 밀려나간 진공 상태였기에. 새 술은 새 부대에. 새 평화와 새 기쁨 또한 영혼이 비어 있어야 들어올 수 있다. 애통하는 자에게 복이 있나니. 저가 흘려보낸 눈물로 영혼이 텅 비리니. 그 빈 자리에 평화와 기쁨이 다시 흘러들어 올지니.

네덜란드 엄마와 아빠는 내 텅 빈 영혼을 채워준 걸로 모자라, 끝내 내 지갑도 채워주었다. 비행기 삯 보낸다고 약속했고, 약속은 약속이라며 아른헴을 떠나던 날, 내가 그 돈을 받지 않으면 어디에도 못 간다고 했다. 어쩌다 열 살밖에 차이 안 나는 친구들을 엄마 아빠로 부르게 되었는지, 어쩌다 그리 깊은 우정이 쌓였는지, 그 얘기를 하자면 지금까지보다 더 긴 이야기를 해야 한다. 아기 때 입양한 한국인 딸 유희가 있고, 유희의 한국 오빠 되겠다고 자청한 덕에 졸지에 나도 그 부부의 아들이 되었다.

지금은 이 정도만 얘기하자. 다른 기회가 있을 것이다. 슬픔의 이야기이기도 하지만 기쁨으로 가득 채워진 이야기 들려줄 기회가.

유럽의 친구들 집 돌아다니며 거의 다섯 달의 시간을 보냈다. 가는 곳마다 대성당이 있었다. 사람들의 대성당. 장엄한 건축이 아니라 평범한 사람들로 이루어진 대성당. 내게는 미국 대통령과 교황과 달라이 라마보다 더 특별한, 더 소중한 사람들. 친구들. 서울로 돌아오기 위해 다시 아른헴으로 왔다. 어쩌다 보니 유럽에서 나의 베이스캠프가 된 아른헴. "어디든 가고 싶은 곳이 있으면 다 얘기하렴." 아른헴의 엄마 아빠가 물었을 때, 디렌의 숲으로, 나무들의 대성당에 다시 가고 싶다고 부탁했다. 여름의 끝자락, 아직 푸른 잎들이 달려 있을 그 대성당의 나무들을 다시 보고 싶다고. 봄의 첫자락에 나를 그곳에 데려가주었던 건 아빠 딕이었다. 여름의 끝자락에 나를 그곳에 데려간 건 엄마 안네였다.

사진의 원근법으론 숲길이 끝나는 것처럼 보이는 자리에 원형으로 벤치가 놓여 있었다. 거기 앉아 나무들 사이로 몇 개의 길이 나 있는지를 세어보았다. 모두 열네 갈래의 길이 뻗어 있었다. 엄마가 설명해 주었다. 모두 어디론가로 통하는 길이라고. 그 중의 한 길을 택해 걸으면 아른헴으로 돌아갈 수도 있다고. 내가 원하면 그렇게 할 수 있다고. 내가 말했다. 걸어들어 왔던 저 길, 사진 속의 저 길로 다시 돌아나가고 싶다고.

열네 갈래의 길 중에서 굳이 걸어들어 온 그 길을 택한 이유를 묻는다면 이렇게 답하련다. 왔던 길을 되돌아 다시 갈 때 길은 완성될 수 있다고. 아른헴에 다시 돌아간 이유도 비슷했다. 서울로 돌아가는 길, 그 여행의 첫 시작 자리에서 되돌아가고 싶었다. 봄의 시작에서 여름의 끝까지

이어진 길, 그 사이에 잎이 돋아나고 나무들은 더 높아졌다. 내 영혼에도 그렇게 새 잎이 돋아나고 조금 더 높은 곳을 향해 가지가 뻗었을까? 그랬으면 좋겠다고 생각했다. 나무들의 대성당, 그 길을 다시 걸으면 그걸 확인할 수 있을 것 같았다.

아른헴의 엄마 아빠가 말했다. 디렌의 숲길, 가을과 겨울에도 만나러 오라고. 열네 갈래의 대성당 다 한 번씩 걸어보라고. 언젠가는 아른헴에서 걸어서 출발해 보자고. 아니면 걸어서 아른헴으로 돌아와 보자고. 정말 그럴 수 있을까? 세상에 누가 알까? 소망 하나 가슴에 품을 뿐이지. 소망이 가슴에 깃들 수 있으려면 가슴에 평화와 기쁨이 먼저 들어와 자리 만들어주어야 한다는 걸 당신도 알겠지. 텅 빈 가슴에는 소망 같은 허약한 아이가 혼자 들어갈 수 없다는 걸. 평화와 기쁨이 어루만지면 슬픔이 낳은 아이도 소망이 된다는 걸.

당신의 생에도 그런 나무들의 대성당, 사람들의 대성당 하나쯤 자리 잡고 있기를. 당신이 다시 찾아올 날을 기다리는 그 대성당을 당신이 잊지 않기를. 당신이 삶에 지쳐 머뭇거릴 때 당신에게 차비 보내줄 테니 어서 오라고 말해주는 친구들이 있기를.

나무들의 대가람

'나무들의 대성당'이라고 내가 이름 붙였던 길. 이름까지 지어줬으니 얼마나 다시 가고 싶었겠는가. 어디 삶이란 게 소망하면 "알았다. 그 정도는 해주마" 하면서 단박에 친절을 베풀어주는 것이던가. 다시 그 길에 설 때까지 4년이 걸렸다. 비행기 타고 열 몇 시간을 날아가야 하는데 4년 만에 또 갈 수 있을 정도면 준수한 편인가? 그 정도면 내 인생은 친절한 편이라고 말할 수 있는가? 맞다. 친절한 내 인생 씨 맞다. 내 친절한 인생 씨에게 감사했다.

저 나무들의 대성당으로 들어오던 입구, 또는 디렌 마을의 끝자락에서였다. 넓은 정원을 가꾸던 어느 노인과 눈인사를 나누게 되었다. 웃음이 참 맑았던 노인이었다. 가던 길 잠시 멈추고 노인과 대화를 나눴다. 어디서 왔느냐, 여기는 어떻게 알고 왔느냐…… 그리고 잠시 후 노인은 주머니를 뒤지더니 내게 작은 종이 상자를 건넸다. "네가 제일 좋아하는 자리에

가서 열어봐라", 노인의 주문이었다.

꼭 무슨 동화책에 나오는 스토리 같다고? 내 말이 그 말이다. 지금 무슨 어른을 위한 창작 동화 쓰는 거 아니냐고? 길에서 만난 마법사에게 마법의 선물을 받는 소년 주인공 운운하는 동화책. 소년은 마법의 선물로 온갖 위기를 물리치고 용과 싸워 이기고 공주를 구하고 그 후로도 오랫동안 영원히 행복하게 살았답니다아~ 뭐 세상에는 그렇게 분위기는 야들야들하고 감동은 태풍급인 판타지 소설을 실화로 포장해서 잘 먹고 잘 사는 사람도 있다지만, 믿어주면 좋겠다. 말을 짧게 하거나 아예 안 하는 경우는 많지만, 없는 일을 만들어서 소설을 에세이로 팔아본 적은 없다. 내가 돈이 없지 가오가 없냐?

나의 수호 천사, 나의 네덜란드 아빠, 딕도 무척이나 신기해했다. 자기도 마을 주민과 얘기를 나눠본 건 처음이라고. 생면부지의 이방인에게 도대체 어떻게 선물을 준비해 뒀다가 건네주었는지, 그 뜻밖의 선물의 수령자로 내가 결정된 이유가 도대체 뭔지 궁금하다고. 내가 제일 좋아하는 장소라. 뭐 말 안 해도 알리라. 나무들의 대성당. 선물을 받았던 정원에서 나무들의 대성당 입구까지 거리는 그리 멀지도 않았다. 하지만 내 상상은 라인 강처럼이나 길게 흘러갔다.

길게 흐르긴 했으나 수심은 얕았던 내 상상력. 작은 종이 상자에 무엇이 들었을까, 내 상상은 '씨앗'을 넘어서지 못했다. 노인이 정원에서 거둔 꽃씨 정도가 아닐까, 생각했다. 잭의 콩나무는 아니더라도 완두콩 주렁주렁 열릴 콩일까, 초라한 상상도 했다. 당신도 지금 상상의 나래를 열심히 퍼덕이고 있겠지? 당신의 상상은?

나무들의 대성당이 시작되는 그 자리, 야생 짐승들이 마을로 내려오지 못하도록 사람만 열고 닫을 수 있는 나무 가로대로 만든 문에서 작은 선물 상자를 열어 한 겹 더 포장지를 풀자, 부처님께서 내 앞에 현신하셨다. 새끼손가락 끝마디만 한 작은 크기의 부처님이었다. 그러나 그 순간의 내 눈엔 시방세계를 다 덮을 만큼 광대한 부처님이었다.

한동안 아무 말도 할 수 없었다. 새끼손가락 마디만큼 작아진 내가 광대한 부처님께 엎드려 절해야 마땅했을 텐데 그러지도 못했다. 엄마한테서 배운 합장하는 법도 그 순간엔 까맣게 잊혀졌다. 아득했다. 나무들의 대성당조차 그 부처님 앞에선 얼마나 작아졌는지. 그 아득한 선물로 인하여 나무들의 대성당은 또한 나무들의 대가람이 되었다.

나무들의 대가람에서 돌아 나오던 길, 다시 노인의 정원을 기웃거렸지만 노인은 보이지 않았다. 도대체 어쩌다가 노인이 내게 이 작은 부처를 건네게 되었는지, 그 인연의 앞뒤 이야기를 다 상상하려면 이 생의 시간으로는 모자랄 것이다. 신비는 때로 신비로 묻어두는 것이 지혜로운 일이다. 섣불리 설명하려 들지도 말고, 어설피 추리하지도 말아야 한다.

그저 생의 어떤 사건들은, 사소하든 거대하든, 내 의지, 내 바람, 내 업보와 관계없이 오기도 한다는 것을 기억하면 된다. 그저 그 사건들이 신이든 우주든 저 높은 존재의 선물로 내게 온다는 것을 기억하면 된다. 그리고 그 아득한 인연의 한 매듭이 지어지는 자리, 그 시공간으로 나를 이끌고 간 사람들에게 감사하면 된다.

어쩌다가 4년이나 기다려야 했냐고? 몸이 아파서. 몸이 아팠으면서 어떻게 그 먼 거리를 비행기 타고 갈 생각을 했냐고? 신학교 들어갈 때 사

제 서품 받는 날, 하늘이 무너지지 않는 한 그 자리에 있겠노라고 스페인 친구 가브리엘과 약속했기 때문에. 가브리엘이 내게 비행기 삯을 보낼 테니 계좌번호 알려달라고 메일을 보냈기 때문에. 서울의 의사 친구들이 다시 쓰러지려고 작정을 했느냐며 절대 가지 말라고 했는데도 나는 가야 했기 때문에. 그래야 내가 살 수 있음을 알았기 때문에. 어떻게 알았는지 묻는다면 대답할 말은 없지만, 그래도 알았기 때문에.

디렌의 숲, 나무들의 대성당, 나무들의 대가람을 걸었다. 가브리엘의 사제 서품이 있던 톨레도의 대성당에서 막 사제가 된 가브리엘의 축성을 받았다. 가브리엘이 내려준 축성의 힘으로 산티아고의 길, 북쪽 길 900킬로미터를 걸었다. 순례자들의 마지막 목적지, 산티아고 데 콤포스텔라 대성당에서 야고보 성인에게 내게 건강을 돌려주시라고 기도했다. 친구들의 포옹으로 비어버린 내 육신의 에너지를 다시 채웠다.

나무들의 대가람에서 내게 오신 부처님, 지금 내 컴퓨터 모니터 받침대에 앉아서 나를 보고 계신다. 아프고 나서 처음으로 책을 쓰고 있는 나를 걱정하며 무리하진 말라고 타이르신다. 아직 네가 가야 할 대가람, 세상에 많이 있느니라. 천천히 하거라. 천천히 걷거라. 뜨거운 해 기울었으니 잠시 돋보기 벗고 네 집 뒷산 나무들의 대가람에 다녀오거라. 처음에 네가 상상했던 것이 맞았느니라. 너는 씨앗을 받았던 것이니라. 네 안에 있는 부처의 씨앗. 이제 조금 알겠느냐? 부처님이 웃으신다. 새끼손가락 손톱 끝만 한 부처님의 미소가 내 세상을 가득 채운다.

내 친구의 정원을 훔쳤다

비밀 하나를 알려드릴까? 나는 가난한 시인 흉내를 내고 살지만, 사실은 엄청난 부자다. 당신이 상상도 못할 만큼 부자다. 뻥치지 말라고? 차도 못 다니는 언덕배기 달동네 골목길에 숨은 집 한 채 있는 주제에 뭔 허세냐고? 이런, 쯧쯧. 할 수 없지. 증거를 보여드린다.

이게 내 방 유리창에서 보이는 풍경이다. 나는 저런 전망이 펼쳐지는 방에서 자고 글도 쓰고 할 수 있는 남자다. 아침에 눈뜨면 저런 풍경이 창에 펼쳐진다고 한번 상상해 보시라. 그것도 스위스에서! 하룻밤에 얼마짜리 방이냐고? 당신이 백만장자 아니라, 아랍에미리트의 만수르보다 더 돈이 많다고 해도 못 들어가는 방이다.

그 저택엔 전망 좋은 스위트룸만 있는 게 아니라, 세상 어디에 내놔도 꿀리지 않는 최고의 정원도 있다. 3천 미터를 넘나드는 북알프스의 봉우리들이 병풍처럼 둘러선 풍경을 벤치에 앉아서 구경할 수 있는 정원이다. 그해 여름, 그 정원의 테이블에 앉아 시를 한 편 썼다. 〈기쁨의 정원〉. 궁금한가? 비밀도 털어놓았는데 그까짓 시 한 편 못 보여줄 것도 없지.

중요한 건
살아서
기쁨의 정원 하나를 시작하는 일이지
씨앗은 이웃의 정원에서 훔쳐도 돼
이웃들은 눈감아줄 거야
정원을 누려본 사람들은 알고 있지
그것이 얼마나 떨리는 도둑질인지를
무엇이 씨앗들을 눈뜨게 하는지를

중요한 건
살아서
기쁨의 정원 하나를 열어두는 일이지
작은 새보다 더 빠르게 뛰는 가슴으로 숨어들어 와

씨앗 조금을 훔쳐가는 이웃을 볼 때
눈길 돌려 먼 하늘을 바라봐 주어야 해
잠든 씨앗을 깨워
기쁨의 정원 하나를 시작하는 길은 그것뿐이니까

중요한 건
씨앗에서 정원까지
기쁨 하나를
흐르게 하는 일이지
살아서

정원이 얼마나 아름다웠으면 훔치고 싶다는 생각까지 들었겠는가? 정원이 얼마나 풍요로웠으면 그 기쁨을 나누어야 한다고 노래했겠는가?

그해 여름 스위스 친구 아르노를 만났다. 그러고 보니 그해 아르노를 8년 만에 다시 만났다. 엄마를 보내드리고, 아버지까지 보내드리고 나서야 나도 아르노네 집에 돌아갈 수 있었다. 그 세월 동안 이메일 서너 번을 주고받았나?

"아르노!"
"준! 어디야?"
"독일."
"진짜? 투지스에 올 거지?"
"응, 니가 집에 있으면."

그렇게 오랜만에 전화했어도 괜찮았다. 친구는, 진짜 친구는 그래도 괜찮다. 때로때로 생각나도 연락 못하는 건 누구나 마찬가지니까. 먹고산다는 건 그런 거니까. 금수저 물고 태어나지 않는 한, 다들 그렇게 사는 거니까. 한국에서건 스위스에서건. 문득문득 궁금해 하다가 또 잊고 살다가, 어느 날 친구가 전화를 하면 기뻐서 펄쩍펄쩍 뛰다가, 친구가 집에 놀러 온다고 하면 아주 좋아 미칠 지경이 되는 거니까. 한국에서건, 스위스에서건.

언제나 그랬듯이 아르노는 나를 자기 방에 올려 보냈다. 어마어마하게 넓고, 천장도 높고, 사방으로, 심지어 천장으로도 창이 열린 방, 그 어떤 펜트하우스도 부럽지 않을 방. 내 친구의 방, 내 친구가 내게 주었으므로 나의 방.

그 사이에 아르노의 삶도 당연히 변해 있었다. 아르노가 독립해 여자

친구와 살림을 합쳤기에, 나는 그 집에서 어슬렁거리는 유일한 '아들'이 되었다. 느지막이 일어나 아래층으로 내려가면 아르노의 엄마, 내가 언제나 마마라고 불렀던 엄마는 내 아침상을 차려주셨다. 여전히 엄마의 영어는 아주, 몹시 짧았지만, 엄마의 밥상은 아주 길었다. 끝도 없이 이어지는 만자레, 만자레. 많이 먹어야지, 더 먹어야지.

혼자 카메라를 메고 투지스 읍내를 돌아다녔다. 읍내 구경이 시들해지면 언덕길을 발길 닿는 대로 오르내리며 투지스 주위의 작은 마을들을 구경했다. 내 작은 배낭에는 엄마가 넣어준 샌드위치와 주스와 물병이 들어 있었다. 걷다가 지치면 집에 돌아와 정원의 그늘에서 땀을 식혔다.

아르노가 일을 마치고 돌아오면 마침내 대화가 시작될 수 있었다. 내가 영어로 말하면 아르노가 이탈리아 어로 통역하고, 나는 주워들은 몇 마디 이탈리아 어로 맞장구치면서. 오래전에 찍은 사진들을 함께 보면서 그때 그 꼬맹이 조카들이 이제는 다들 청년이 되고 아가씨가 되었다는, 세월 이야기도 나눴다.

이야기꽃이 피었습니다. 옛날꽃도 다시 피었습니다. 추억꽃도 활짝 피었습니다. 아무리 세월이 흘러도 돌아보면 그 자리에 있을 것 같은 사람꽃들이 활짝 피었습니다……

어느 새 또 8년. 그 사이에 아르노는 몇 번 메일을 보내왔다. 첫아들이 태어났다고, 그리고 둘째아들이 또 태어났다고 기쁘고도 기쁜 소식을 전해왔다. 이제 아르노의 아이들이 그 기쁨의 정원에서 뛰놀고 있으리라. 마마와 빠빠도 그 사이에 조금 더 나이 드셨을 것이다. 아르노의 조카들도 아마 몇 명은 성인이 되어 독립을 했을 것이다. 아, 올해는 내 기쁨의 정원에 돌아갈 수 있으려나. 엄마가 나 떠나던 날 당부했는데. 빨리 다시 오라고. 너무 늦게 오면 마마 빠빠가 없을 수도 있지 않냐고. 그러니 빨리 다시 오라고……

8월 1일 스위스의 건국기념일이면 아르노는 자신이 여행한 나라들에서 기념품으로 가져온 국기들을 베란다에 내걸었다. 다른 주민들이 모두 스위스 국기와 그라우뷘덴 주기, 그리고 투지스 깃발을 내걸 때 아르노는 진정한 여행자답게, 진정한 세계 시민답게 자신이 인연을 맺은 나라들의 국기를 휘날리게 했다.

"아르노, 한국 국기는 언제나 걸 생각이야?"

"그러게. 한국에도 어서 가봐야 할 텐데."

아르노가 서울에 온다면 나는 내 옥탑방을 아르노에게 내줄 텐데. 대한민국에서 가장 훌륭한 전망과 통풍을 자랑하는 내 옥탑방을. 그리고 아르노에게서 훔쳐와 뿌린 그 씨앗에서 자란 내 옥상 정원을 자랑할 수 있을 텐데. 아르노네 정원처럼 넓고 화사하지는 않지만, 그래도 찾아오는 사람들이 다 감탄하고 돌아가는 정원인데……

아르노가 한국에 오기는 이제 쉽지 않을 것이다. 두 아이의 아빠이고 가장인데, 우리가 처음 만났던 그 시절처럼 세상을 배낭 메고 떠돌아다닐 수야 있겠는가? 네 식구가 비행기 타고 서울에 오려면 비행기 삯만 해도 얼만가? 그러니 어깨에 짊어진 짐 없는 내가 찾아가면 된다. 내 정원을 보여줄 수 있는 사진을 들고 가면 된다. 내 시가 실린 책을 들고 가면 된다. 아르노, 네 정원에서 얻은 영감이 이렇게 시가 됐어. 이렇게 많은 꽃들로 피었어. 니 덕분이야, 고마워.

기쁨의 정원. 내 친구의 정원을 훔쳤다. 내 기쁨의 정원으로 간직했다. 세월이 흘러 내 정원도 조금은 풍성해졌다. 놀러 오시라, 내 기쁨의 정원으로. 집으로 돌아갈 땐 내 정원에서 씨앗을 훔쳐가시라. 당신의 집에도 기쁨의 정원 하나를 시작하시라. 누군가 당신의 정원을 훔쳐가면 그냥 눈감아 주시라. 세상이 온통 기쁨의 정원으로 덮이는 거 아주 식은 죽 먹기 아닌가? 세상 사람 모두가 어마어마한 부자 되기, 이리도 쉬운 것을.

아이의 손에 스마트폰 대신 물 조리개를!

베를린에 가거든 템펠호프 공원에 꼭 가보시라. 브란덴부르크도 좋고 제국의회당도 좋고, 베를린 장벽도 좋고, 티어가르텐도 좋고, 하여간 다 좋지만, 내게 베를린에서 딱 한 군데만 갈 수 있으니 그곳을 고르라고 한다면 나는 주저 없이 템펠호프를 꼽을 것이다.

오래된 공항이 폐쇄된 곳에 베를린 시민들은 공원을 만들었다. 누구들처럼 거대한 아파트 단지와 쇼핑몰을 짓지 않았다. 활주로는 비행기 바퀴가 아니라 스케이트 보드와 윈드서핑 보드, 자전거 바퀴와 유모차 바퀴를 떠받치게 되었다. 그리고 활주로 근처 풀밭 한 모퉁이는 베를린 시민들의 주말 농장이 되었다. 모퉁이라고 썼지만, 거기가 원래 공항 터였음을 기억해야 한다. 모퉁이치고는 넓다, 아주 넓다. 아, 멋져라! 아, 부러워라!

수렵 채집 단계를 지나 정착 농경의 단계로 접어든 호모 사피엔스에게 "내 땅에서 내 야채와 내 꽃을 기르겠다"는 욕망은 거의 생물학적 본능으

로 진화했다. 나는 그 증거를 내가 다녀본 세상의 몇몇 구석에서, 내가 만나본 모든 종족의 모든 문화에서 목격했다. 파푸아 뉴기니의 고원 지대에 사는 농부들의 마당에는 꽃들이 만발했고, 시멘트로 완전히 덮인 서울 달동네의 노인들은 스티로폼 박스에 채소와 꽃을 심는다.

베를린의 시민들도 다르지 않았다. 템펠호프 공원 한 모퉁이의 텃밭을 분양받은 베를린 사람들은 온갖 깃발을 내걸어 그곳이 '내 땅'임을, 그 작은 땅에서만이라도 자신은 농부임을 선언한다. 해적도 땅에 내리면 꽃을 기르고 싶어진다! 정원이 생기면 사람의 아이들도 요정으로 변신한다! Willkommen! 어서 와요, 나의 정원에!

신발 애호가인가, 재활용의 달인인가? 오래된 공항이 공원으로 변신하듯, 낡은 신발들은 화분으로 변신했다. 저 신발들은 얼마나 많은 세상을 떠돌았을까? 이제 한 자리에 정착한 늙은 신발들이 꽃들과 채소들에게 들려주는 이야기들을 듣는다.

내가 지금은 이런 꼬락서니지만 말이지, 왕년에는 말이야, 한 자락 했던 몸이라구. 내가 그라운드를 달릴 땐 감히 내 앞을 가로막을 자, 하나도 없었어. 진짜라니까!

이 부츠를 신고 걸으면 남자들이 다 내 다리를 쳐다보느라 지들끼리 부딪치고 난리였지, 호호호.

바비도 노라처럼 인형의 집에서 탈출하는 꿈을 꾸었을까? 아마존의 여전사처럼 말 달리고 활을 쏘면서 마음껏 외치고 싶었을까? 바비는 이제 거추장스런 공주 옷을 벗었다. 바람이 그녀의 옷이다. 검은 하이힐 구두는 그녀의 애마가 되었다. 니벨룽엔의 반지 신화에 등장하는 여전사 브룬힐데처럼 말 타고 달린다. 히하! 이랴, 달려라, 바비!

오가닉 다마고치! 베를린 시민들의 유머 감각은 도대체 어디가 한계인가! 아이의 손에서 게임기와 스마트폰을 치워라! 아이에게 씨앗과 모종을 심게 하고, 아이의 손에 물 조리개를 들려주어라! 일주일에 한 번이라도 식물에 물을 주어 자라게 한 경험이 있는 아이라면, 생명이 자라는 기적을 목격한 아이라면, 결코 다른 생명을 함부로 대하는 어른으로 크지 않으리라.

낡은 바구니, 닳아버린 타이어도 두 번째 생을 산다. 저 타이어가 달린 길에는 아우토반도 있었을 것이고, 시골 고향집으로 가는 오솔길도 있었으리라. 한 생의 몫을 다하고 또 한 생의 몫을 시작한 타이어. 닳아버린 타이어에겐 얼마나 많은 길의 이야기들이 담겨 있을까? 얼마나 많은 인생의 이야기가 저 타이어와 함께 세상을 굴러다녔을까? 길의 이야기가 이제 꽃으로 핀다.

토마토와 코스모스가 함께 자라는 텃밭은 또 갤러리가 된다. 아마 텃밭의 주인이 찍은 사진들일 것이다. 구름과 비행기와 새와 땅과 바다와 도시와 식물…… 서로 다른 것들이 한 자리에서 평화롭게 만난다. 만나서 한 가족을 이룬다. 텃밭의 주인은 또 다른 여행을 꿈꾸며 저 사진들을 걸었겠지. 이제 도시의 집에 머물며 토마토와 코스모스를 가꾸면서도 그의 마음 한 모퉁이 텃밭에선 또 다른 길의 씨앗이 싹트고 있겠지. 아, 그 얼마나 아름다운 결합인가. 정착과 방랑이라는 두 모순된 꿈의 결혼!

늙은 의자에게도 아직 힘은 남아 있다. 애써 자란 둥근 호박을 지탱해 줄 정도의 힘은 남아 있다. 늙은 공항이 공원으로 환생해 시민들의 꿈을 지탱하듯 늙은 의자도 호박의 꿈을 지탱한다. 호박은 잘 익어 어느 가을 저녁, 어느 시민의 식탁에서 호박 수프가 되었을 것이다. 그 베를린 시민의 식구들과 친구들은 시민의 훌륭한 호박 수프에 찬사를 보냈을 것이다.

자네의 호박 수프는 이제껏 먹어본 것 중에 최고였네!

자네가 직접 기른 것이기에 그러할 테지.

내년에는 나도 템펠호프에 텃밭 한 뼘 분양받아 볼까 싶네.

누구 호박이 더 튼실하게 열릴지 한번 겨뤄볼까?

쌀알이,
꽃잎이
다 금강석이구나

먼지 자욱한 카트만두 거리를 오로지 서쪽 방향만 생각하며 걸었다. 먼지의 도시, 카트만두. 20년 전의 카트만두를 기억하는 바보짓을 또 저지른다. 카트만두는 20년 사이에 심각한 비만증에 천식, 동맥경화, 가난한 제3세계의 도시가 걸리는 모든 질병에 다 걸렸다. 히말라야에 가로막힌 오염 물질이 도시를 덮는다. 걸어도 걸어도 히말라야 눈 덮인 봉우리는 보이지 않는다. 기껏 걸어서 30분 거리의 사원조차 뿌연 먼지에 덮여 아스라이 보인다. 강물은 쓰레기가 쌓이는 하수도일 뿐이다. 아무리 비가 내려도 그 하수도는 정화되지 못한다. 비보다 더 많은 쓰레기가 다시 쌓인다. 누가 이 도시를 '신들의 도시'라고 일컬었던가? 내가 신이라면 나는 이 도시에 머물지 않을 것이다. 히말라야로 올라가 다시는 내려오지 않을 것이다.

언덕 꼭대기의 사원, 사람들이 꽃과 쌀과 버터를 들고 오르는 가파른

계단을 밟아 신들의 언덕에 올랐다. 회색을 넘어 거의 시커먼 수준의 스모그에 눌린 도시가 내려다보인다. 저 속을 뚫고 걸어왔구나. 마스크도 없이. 스스로 수명을 단축시켰구나. 참 잘하는 짓이다. 바로 짐 싸들고 포카라로 움직이든지, 랑탕이든 안나푸르나든 산으로 올라갈 것이지 무슨 영화를 보겠다고 이 끔찍한 도시에 어슬렁거리고 있는가?

사원은 북새통이다. 시장통이다. 관광객들, 상인들, 참배객들, 개들, 원숭이들, 새들. 싸구려 향에서 피어오른 연기는 언덕 아래의 매연보다 나을 것도 없다. 힌디 어, 중국어, 네팔 어, 그리고 내가 알지 못하는 수많은 언어들, 원숭이들의 먹이다툼 소리까지 무자비하게 귀를 때린다. 이건 지옥이다. 서쪽 언덕에 자리 잡았지만 서방정토와는 거리가 멀다. 그래도 먼지 뒤집어쓰면서 땀 흘리고 올라왔으니 그냥 내려갈 수는 없었다. 두 번 다시 여기 올 일 없을 테니 오늘 그냥 다 구경하고 내려가자.

어느 모퉁이에서 가부좌 틀고 앉은 부처를 만났다. 지천에 널린 게 부처인 사원에서 유독 그 부처가 내 발목을 붙잡았다. 정확히 얘기하자. 부처가 붙잡은 게 아니다. 부처의 손에 놓인 꽃과 쌀이 나를 붙들었다. 햇살이 하얀 쌀알에서 부서지고 있었다. 노란 메리골드 꽃잎에서 부서지고 있었다. 인간의 감각 기관은 때로 얼마나 놀라운 능력을 보여주는가. 그 순간, 순식간에 주위의 먼지도, 소음도 다 정지했다. 보이는 건 꽃과 쌀에서 튕겨 나오는 빛의 입자들뿐이었다. 들리는 건 쌀알들과 빛의 입자들이 부딪쳐 나오는 소리뿐이었다. 쌀알들이 작은 종으로 환생한 것인가? 매캐한 향 태우는 냄새가 사라진 자리에 메리골드 향기가 채워졌다. 금빛 향기.

쌀알 하나하나가 금강석이었다. 수많은 탱화와 사원의 벽화에서 보았던 금강석들은 모조품의 모사에 불과하다는 것을 그 순간에 깨달았다. 쌀을 먹는 민족에게 쌀보다 더 귀한 것이 무엇이 있을까? 쌀이 금강석이었다. 한 보따리에 천 원이면 사는 메리골드 꽃송이가 송이송이 연꽃이었다. 사람이 쌀로만 살지 않으니, 쌀만으로는 봉헌이, 공양이 완성되지 않는다. 한 송이 메리골드를 바치는 사람의 마음을 그제야 알 것 같았다.

쌀만으로는 채워지지 않는 허기가 있으니 그것은 부처에게조차 마찬가지였구나. 그 허기로 인해 사람이라는 짐승이 부처의 길로 한 발짝을 딛을 수 있는 것이었구나. 저 가난한 봉헌이, 저 가난한 공양이 이 지옥을 서방정토로 만드는구나……

깨달음의 순간은 언제나 순식간. 깨달음이 사라지는 것 또한 순식간. 하필 그 순간에 하필 그 부처의 손에, 부처에게 바쳐진 쌀과 꽃에 떨어지던 햇살도 그렇게 순식간에 사라졌다. 가파른 사원 언덕을 내려와 택시를 잡았다. 우리 돈 천 원도 안 되는 택시 요금을 가지고 세 명의 택시 운전사와 입씨름을 벌였다. 그 천 원을 바가지 쓰기 싫어 다시 걷기 시작했다. 손수건으로 코와 입을 막고 걸었다. 내 안에 이미 먼지가 가득 차 있으면서 먼지 더 들이마시기 싫다고.

지독한 먼지로 신음하는 동쪽의 도시, 서울에서 다시 카트만두를 기억한다. 지진으로 사원이 먼지더미로 내려앉은 지 벌써 1년이 흘렀다. 저 부처는 어찌되었을까? 저 쌀과 꽃을 바친 사람들은 어찌되었을까? 누구에게 쌀과 꽃을 바쳐야 지진이 멈출까?

카카오의 꿈

네가 꿈을 꾸면 작고 하얀 꽃들이 많이 피어날 거야.
몇 송이 꽃이 진한 초콜릿색 과일로 자랄 거야.
그 어린 과일 중에 또 몇은 초록색으로 더 자랄 거고
그리고 끝내는
상앗빛 과육에 감싸인 어여쁜 카카오 씨앗을 키워낼 거야.
그러니 아이야, 가렴.
비 내리는 날들이 찾아올 거고, 별 좋은 날들도 올 거야.
아이야, 아무것도 무서워 말고 그냥 가렴.
사랑에 배고픈 사람들에게로 가렴.
너를 수확하는 아이들은 끝내 초콜릿을 모르겠지만
그래도 울지 말고 가렴.
그 깊은 대양, 그 넓은 대륙도 건너왔는데
아이야, 조금만 더 가렴.
세상의 모든 아이들이 초콜릿을 먹는 날이 올 거야.
그러니 아이야, 울지 말고 가렴.

잉카 제국을 무너뜨린 콜럼버스의 후예들이 가장 먼저 한 일은 강탈한 금과 은을 유럽으로 실어 나르는 일이었다. 그리고 옥수수와 감자와 토마토와 고추와 가지와 구아바와 아보카도…… 수많은 식용 작물을 모든 대륙으로 퍼뜨렸다. 콜럼버스가 소 뒷걸음치다 개구리 잡듯 인도를 찾다가 남미를 발견하지 않았다면, 인류의 역사는 물론이고 수많은 식물의 역사도 달라졌을 것이다. 카카오도 그렇게 아프리카로 건너갔다.

남미와 아프리카 사이에 아직 대서양이 없던 시절, 카카오의 조상 식물은 꿈에라도 알고 있었을까? 그 긴 수억 년의 세월 뒤에 깊고 험한 대서양이 생기고 자기 혼자 카카오로 진화하게 될 것을. 다시 수억 년 뒤에 그 바다를 건너 카카오가 아프리카에 뿌리를 내리게 될 줄을. 당신이 발렌타인 데이에 먹은 초콜릿 한 조각에 그렇게 장구한 지구의 역사와 험악한 인류의 역사가 고스란히 담겨 있다.

코트디부아르, 상아 해안. 상아를 실어 나르다 코끼리가 사라지자 백인들은 나무를 베었다. 열대우림이 사라지자 그 자리에 카카오를 심었다. 이제 코트디부아르는 세계에서 가장 많은 카카오를 수출하는 나라가 되었다. 부자 나라의 아이들이 먹는 초콜릿의 가장 중요한 재료인 카카오 열매, 정확하게는 씨앗을 수확하는 일을 가난한 코트디부아르의 아이들이 한다.

그 아이들은 초콜릿을 모른다. 아버지가 카카오 열매를 갈라서 건네주는 상앗빛 과육을 먹는다. 기름진 과육으로 쌀과 푸성귀뿐인 식단을 보충한다. 과육과 함께 발효된 씨앗들은 검고 쓰다. 햇볕에 말린 씨앗들을 포대에 담는 일도 아이들이 함께 한다. 머리에 이고 시장으로 가는 일도 아이들이 함께 한다.

초콜릿의 기쁨은 누리자. 신의 선물인데 누리지 않을 이유가 없다. 그래도 한 번씩 기억하자. 우리가 누리는 초콜릿의 기쁨을 위해 무거운 카카오 열매 담긴 고무 다라를 머리에 이고 나르는 그 아이들을. 어쩌다 한 번은 생각도 해보자. 그 아이들에게 우리가 어떤 기쁨을 돌려줄 수 있을지를.

때론 꽃도 고단하고
때론 삶도 화사하다

파푸아 뉴기니. 커피 농장을 찍으러 갔던 고로카. 고로카를 한눈에 내려다보는 기막힌 전망이 있다고 했다. 가이드의 말을 듣고 달려간 산중턱, 전망은 나쁘지는 않았지만 그렇다고 절경이라 하기엔 좀 그저 그랬다. 그래도 올라왔으니 찍어는 놓자고 피디와 카메라맨은 삼각대를 세우고 풍경을 찍었다. 별 감흥 없이 어슬렁 주변을 둘러보는데, 갑자기 사내 녀석들 셋이 숨을 헐떡이며 달려들었다. 주변에 마을이라고 해봐야 한참을 내려가야 하는데 녀석들은 도대체 어디에 숨어 있다가 튀어나온 거야?

녀석들의 손에는 화관이 주렁주렁 매달려 있었다. 배시시 웃으며 녀석들은 그 화관을 촬영팀에게 내밀었다. 원 플라워, 원 키나. 화관 하나에 1키나. 우리 돈으로 500원쯤. 아마 우리 차가 마을을 지날 때 보고는 그때부터 언덕길을 달려왔을 것이다. 그러니 그렇게 숨을 헐떡였던 거겠지. 아이고, 이 지긋지긋한 생의 고단함이여. 원 플라워, 원 키나!

플라스틱 큰 대야를 타고 와서 호수 한복판에서 유람선 승객들에게 원 콜라, 원 달러를 외치던 캄보디아 뚠레삽 호수의 어린아이들이 떠올랐다. 100미터, 200미터를 쫓아오며 원 루피, 원 루피를 외치던 인도의 거지 아이들이 떠올랐다. 베를린 대성당 앞에서 손을 내밀다가 내가 끝내 외면하자 뭔가 알아들을 수 없는 욕을 하며 돌아서던 집시 꼬마 여자아이도 떠올랐다. 세상 어디를 가든 마주칠 수밖에 없는 아픈 풍경, 처음엔 아프다가 나중엔 짜증이 나고, 결국엔 미리 선수 쳐 도망가 버리고 마는 풍경.

파푸아 뉴기니, 그 외진 섬나라의 그 골짜기에서도 삶의 고단함, 삶의 구차함은 여전히 똑같았다. 콜라캔을 팔든 화관을 팔든, 아니면 참혹한 몰골을 팔든, 무엇이든 팔아서 식구들의 입에 들어갈 먹을 것을 사는 노동에 뛰어든 어린아이들. 그런 아이들을 볼 때마다 여행의 기쁨은 단 한 방에 여행의 씁쓸함, 여행의 슬픔으로 바뀌었다. 세상의 모든 여행지, 관광객이 찾아가고 배낭족이 찾아가는 곳은 누군가에겐 환상의 세계이지만 누군가에겐 그저 '삶의 현장'일 뿐이다.

별 볼 일 없는 조망에 실망하던 촬영팀에 갑자기 생기가 돌았다. 카메라 삼각대가 아이들을 향해 돌았다. 피디가 내게 동전을 건넸다. 그 동전으로 화관 하나를 샀다. 화관을 머리에 썼다. 내게 화관 하나를 판 아이의 얼굴이 활짝 피었다. 내게 화관을 팔지 못한 나머지 두 아이의 얼굴은 그대로 굳었다. 피디가 주머니에서 동전을 다 꺼내 내게 건넸다. 착한 피디. 두 아이에게서 하나씩을 사서 하나는 피디의 머리에, 하나는 카메라맨의 머리에 씌웠다. 두 아이의 얼굴에도 웃음이 피어났다. 연일 계속된 강행군에 지친 피디와 카메라맨의 얼굴에도 웃음이 돌아왔다.

아이들 덕에 난생처음 화관을 머리에 써봤다. 그리고 아이들도 어쩌면 생애 최초이자 마지막으로 방송 카메라 앞에 서보았을 것이다. 원 플라워, 원 키나. 꽃과 삶. 화사한 꽃과 고단한 삶이라고 나누지 말자. 때론 꽃도 고단하고 때론 삶도 화사하다. 선량한 피디는 아이들에게 지폐까지 몇 장 나눠주었다. 방송에 출연했으니 당연히 출연료를 줘야지. 아이들이 목청껏 노래도 불렀는데.

고로카의 그 뷰포인트 언덕에 얼마나 많은 여행자들이 찾아올까? 나는 모른다. 화관을 팔던 아이들도 이제는 다 커서 커피 농사를 짓거나 밭을 갈거나 어쩌면 커피 공장에서 일하고 있을 것이다. 그리고 그 아이들의 동생들이 형들에게 배운 대로 집 마당에 핀 꽃을 꺾어 화관을 만들 것이다. 여행자를 태운 지프차가 마을을 지나가면 그때부터 맨발로 부리나케 언덕길을 뛰어오를 것이다. 지금도 화관 하나에 1키나일까?

내 막내삼촌도 '아이스께끼' 통 메고 다니며 팔았다. 내 막내여동생도 오빠가 군대 간 사이에 엄마와 함께 시장통 노점상에서 파 한 단을 팔았다. 50년 전에. 35년 전에. 우리 모두 그렇게 살았다. 여행자여, 이름난 명승지에서 꽃을 팔러 어린아이가 다가오거든, 그리고 그 아이가 지나치게 바가지를 씌우지 않으면, 주머니 뒤져 동전 꺼내 그 꽃 한 송이 사주시라. 그것이 그 아이의 노동이니 가엾게만 보지 말자. 엄마에게 그 동전 건네며 아이가 얼마나 당당하게 어깨 펼 것인지를 생각하자. 아이 엄마의 얼굴에 얼마나 환한 꽃이 피어날지 상상하며 웃자.

동행

친구,

단 두 그루만 있어도 숲이 되는 나무.

나무,
어느 신의 얼굴

비가 내렸다. 억수같이 내렸다. 비가 내리지 않아 양이 굶어죽고 소, 말, 당나귀, 염소가 굶어죽었다던 땅, 그래서 아이들이 죽고 어른들도 죽었다던 땅. 〈We are the world〉라는 오래된 노래를 기억하는가? 우리는 하나. 우리가 세상. 지상에서 가장 잘사는 나라의 가수들이 'USA for Africa'라는 이름 아래 모여 목말라 죽어가는 아이들을 살리자고 노래를 불렀다.(미국 가수들이긴 하지만 여기서 USA는 미국이 아니라 'United Support of Artist'의 약자다. 돕기 위해 함께 모인 예술가들.) 그 메마른, 아니 메말랐다고만 내가 알고 있던 땅, 에티오피아에 폭우가 내렸다. 그렇게 내리면 40일이 아니라 나흘만 내려도 홍수가 날 것 같았다.

우리의 현지인 운전사는 솔로몬 왕과 시바의 여왕의 후예답게 독실한 에티오피아 정교 신도였다. 앞유리에 붙여진 십자가와 거세게 내리는 비가 나도 모르게 노아의 방주를 연상하게 만들었다. 인간인 내 머리로는 여전히 이해할 수 없는 신의 진노. 아무리 인간이 극악무도한 죄를 지었

다 쳐도, 어떻게 한 가족과 한 줌의 동물들만 남겨두고 나머지 생명들을 다 수장시킬 수 있을까? 죄는 인간이 지었는데 왜 죄 없는 동물들까지? 인간의 어린 새끼들은 무슨 죄를 지어서?

그렇게 무자비한 신이 존재했을 거라고는 믿지 않는다. 그냥 중동의 다른 신화에도 등장하듯, 극심한 홍수가 벌어졌던 것이리라. 홍수가 왜 일어나는지 설명할 지식이 없었던 사람들이 도둑이 제 발 저린다고 "신의 벌이 비로 내렸다. 앞으론 착하게 살자" 다짐했으리라. 그리고 아이들에게도 가르쳤으리라. 죄짓지 말고 착하게 살아라. 그렇게 해석하면 된다. 착하게 살자는 다짐, 얼마나 좋은가.

홍수라도 날 듯 퍼붓던 비가 조금씩 순해졌다. 아마 우리 차가 국지성 호우 지역을 빠져나왔던 탓일 게다. 차창 밖이 보이기 시작했다. 와! 조금 가늘어진 비가 차 안으로 들어오든 말든 유리를 내리고 카메라를 들어올

렸다. 도로변에 펼쳐진 황토밭, 듬성듬성 심어진 나무들, 그중 한 그루 나무 아래 농부와 소들이 비를 피하고 있었다. 찰칵, 찰칵, 찰칵.

차를 세웠어야 했다. 비 좀 맞더라도 차에서 내려 노출, 구도 잘 맞춰서 찍었어야 했다. 그랬다면 '인생 컷'은 아니더라도 꽤 쓸 만한 사진 한 장 건졌을 것이다. 7년이나 때늦은 후회가 몰려온다. 평생 다시 오지 않을 순간이 그렇게 시속 60킬로미터로 스쳐갔다. 한두 번인가, 후회 금지. 그래도 '착하게 살자'를 온몸으로 실천하는 나무 한 그루 만나지 않았는가. 폭우가 쏟아질 때 밭 갈던 농부에게, 쟁기 끌던 소들에게 온몸 펼쳐 우산이 되어준 나무. 비가 쏟아지면 우산이 되어주고, 혹독한 땡볕이 쏟아질 때면 그늘이 되어주었을 나무.

엉뚱한 생각 하나가 떠올랐다. 진짜 신의 얼굴을 지닌 생명은 저 나무일지도 몰라. 신의 얼굴을 닮은 건 우리 인간이 아니라 나무들일지도 몰라. 보호하고 도와주는, 인자하고 자애로운 나무의 얼굴일 거야. 가뭄으로 아이들이 죽어갈 때 함께 모여 노래하고, 노래해서 번 돈으로 아이들에게 물을 보낸 그 가수들의 얼굴이 나무의 얼굴과 닮았을 거야. 우리가 세상, 우리가 세상의 아이들, 우리가 나무……

정말 홍수라도 날 듯이 퍼붓던 비는 30분도 안 되어 거짓말처럼 말짱하게 개었다. 비구름이 우리가 달리는 방향에서 오고 있었던 건지, 아니면 짧은 소나기가 내렸던 건지는 알 도리가 없다. 그저 아직 건기가 다 물러간 게 아니구나 짐작했다. 몇 킬로미터를 더 달리자 다시 먼지바람이 풀풀 날렸다. 조금 아까 퍼붓던 비가 그새 그리웠다. 그리고 얼마쯤을 더 달리자 무지개가 떴다.

구약의 하느님이 약속을 하셨더라지. 다시는 물로 세상의 생명을 쓸어버리지 않겠노라고, 무지개를 그 징표로 세우겠노라고. 무지개가 떴는데 목동들과 소들은 그저 무심히 걷고 있었다. 하루 내내 풀 뜯는 소들을 이끌며 고된 노동을 마치고 집으로 돌아가는 길이었을까? 긴 그림자를 보면 아마 그랬을 것이다. 조금 아까 보았던, 나무 아래서 비를 피하고 있던 농부와 소들이 그 풍경에 겹쳐졌다. 어쩌면 다음날 저 소들이 밭을 갈다가 비를 만났을지도 모른다. 비가 쏟아지면 농부는 소들을 쟁기에서 풀어 나무 밑으로 데려갔으리라. 비가 그치면 또 다음 마을에서 무지개가 떴으리라. 내일은 또 다음 마을에 비를 내려주겠노라는 약속의 징표

로 무지개가 떴으리라.

저 멀리, 저 무지개 아래, 홀로 외로이 서 있는 나무 한 그루가 보이는가? 다음날 비가 퍼부을 때 농부와 소들을 보호해 주었을 바로 그 나무다. 내 말을 믿어라, 믿는 자에게 복이 있나니, 그에게 세상의 모든 것이 신의 얼굴로 보일 것이라.

바람이 달다

에티오피아 시미엔 산. 산 속 마을에서 만났던 나이 많은 할아버지가 있었다. 통역을 사이에 두고 잠시 대화를 나눴다.

시미엔에서 사는 게 좋으세요? 힘드시죠? 내가 물었다. 돌아가는 방송 카메라를 계산한 질문이었다. 아프리카의 지붕, 척박한 고산 지대에서 평생을 살아온 노인의 입에서 삶의 고단함에 대한 증언이 나올 것을 조금도 의심치 않았다. 할아버지가 말했다. "좋아." 헉, 유도 심문 실패. 방향 바꿔 2차 도전. 왜 좋으세요? 할아버지의 답이 조금 길어졌다. 통역이 할아버지의 답을 전했다. "시미엔은 바람이 달아." 통역자에게 되물었다. 정말 저 할아버지가 바람이 달다고 하셨어? 네, 바람이 달대요. 왐마! 바람이 달다고?! 그게 당신 나이가 여든인지 더 잡수셨는지 덜 잡수셨는지도 정확히 모른다는 양반 입에서 나올 표현이야?

바람이 달다고? 할아버지의 얼굴에 새겨진 바람의 흔적들은 내 눈에는

달콤해 보이지 않았다. 우기가 시작될 무렵이었다. 바람이 거세게 먼지를 휘말아 올렸고, 먼지는 하늘에서 구름으로 뭉치고 있었다. 시미엔에 머무는 닷새 동안 내 입에 닿은 바람을 달게 느낀 적은 한 번도 없었다. 텁텁했고 껄끄러웠다. 해발 4천 미터를 향해 올라가는 깎아지른 봉우리들 아래로는 누런 황토와 듬성듬성 풀밭밖에 보이지 않았다. 낮이면 뜨겁고 밤에는 추웠다.

예닐곱 살 아이들도 손에 채찍을 들고 목동 노릇을 하며 살아가는 삶이었다. 평생을 소 몰아 밭을 갈고 마른 땅에 씨 뿌리고 양과 염소를 키우며 살아왔을 노인이 어떻게 자신의 삶을 단번에 좋다고 규정할 수 있었을까? 어떻게 그 이유를 바람이 달기 때문이라고, 준비된 것처럼 대답할 수 있었을까?

노인과 헤어져 비포장도로를 달리던 중, 벼랑 끝 바위 옆에서 억세게 버티고 서 있던 나무를 보았다. 차를 세워달라고 부탁했다. 다음 촬영지로 가는 일정을 서둘러야 한다는 걸 알고 있었지만 그래도 세웠다. 너 참 무지하게 헐벗었구나. 나무에겐 나이를 물어볼 수도 없었다. 새 잎을 돋우면 배고픈 양들과 소들과 당나귀들이 뜯어먹었을 세월, 바람 따라 이리 휘고 저리 휘었을 세월을 아마 나무 자신도 알지 못했을 것이다. 척박한 땅에서 자라는 나무는 절대 겉모습으로 나이를 판단하지 말아야 한다. 비가 내리지 않으면 단 1밀리미터도 성장하지 못할 수 있다. 그러니 저 앙상한 나무도 어쩌면 보기보다 훨씬 늙은 나무였을 수도 있다.

나무에게 물었다. 너한테도 시미엔의 바람이 달았니? 잎인지 가시인지 구분도 힘든, 그렇게 알량한 잎새가 바람에 맹렬히 흔들렸다. 아니라는 얘기야? 나무가 더 거세게 바람에 흔들렸다. 아, 지금처럼 금방이라도 빗방울 흩뿌릴 것처럼 바람이 불면, 그 바람이 달게도 느껴지겠구나. 어쩌면 할아버지의 바람이 달았다는 것도 그런 것일 수 있겠구나. 수많은 날들 메마른 먼지바람 쐬며 살다가 습기 먹은 바람이 찾아오면 그 바람이 얼마나 달았겠는가. 그렇게 평생을 살다가, 이젠 평생의 바람이 다 달았노라고 회상하게 된 것이로구나.

피디가 재촉했다. 그날 안으로 시미엔 산을 빠져나가야 다음 일정에 펑크가 안 난다고. 좀 더 그 나무 곁에 머물고 싶었지만 어쩔 수 없었다. 우리는 스케줄이라는 이름의 바람에 휘둘리는 방송팀이었으니까. 저 나무가 방송에 나왔던가? 스쳐가는 브릿지 씬으로라도 등장했었나? 시미엔

의 절경을 뿌옇게 흐리던 우기 시작 즈음의 운무처럼 기억도 흐리다. 그런데 엉뚱하게 어떤 블로그 이웃의 불평은 선명하게 기억난다. 바람이 달다고 했던 할아버지의 말은 자의적인 번역 아니었냐고, 감성으로 이끌어가는 통역 아니었냐고. 예의바르게 빙빙 돌려 한 말이긴 하지만, 묻는 의도는 뻔했다. 방송용으로 만들어 끼워놓은, 그러니까 조작된 멘트였을 거라는 비난이었다.

나도 에티오피아 말을 모르니 통역의 오역 또는 자의적 해석 여부를 가릴 능력은 없다. 헌데 그건 그 블로그 이웃도 마찬가지 아닌가? 어떻게 그렇게 단호하게 단정 지어 말할 수 있었을까? 서울에서 부는 바람이 텁텁

하고 껄끄럽기로는 시미엔 바람의 몇십 배는 되는구나. 입맛이 썼던 기억은 선명하다. 참 별것도 아닌 일 가지고 마음 다친다. 그나마 다른 블로그 이웃이 남긴 댓글이 단 바람으로 불어주었다. 허락도 안 받고 그 댓글을 여기 옮긴다.

"나이 팔십쯤 되면 다들 바람이 달다고 느끼게 되는 걸까요?
에티오피아와 한국.
그 먼 거리를 사이에 두고 지난 봄 송정 바닷가에서
팔순이신 제 친정아버지의 친구분께서 '바람이 달다'
하시던 기억이 납니다."

I Win! 내가 이겼다! 여든 해를 살아온 노인들은 에티오피아의 고원에서도, 부산 바닷가에서도 똑같은 말을 쓴다. 바람이 달다. 돌아보니 내 인생을 불어간 바람들, 참 독한 바람 많았다. 내 인생에 참 까마득한 벼랑도 많았다. 내 몸도 저리 휘었을까? 내 영혼도 저리 앙상하게 봉두난발로 흔들리려나? 그러겠지. 안 그런 인생이 어디 있던가. 그래도 더 오래 살다 보면, 어느 날엔가는 나도 말할 수 있게 될까? 내 인생의 바람이 달았다고. 그래서 내 인생은 좋았다고…… 바람 속 한참 더 살아봐야 그런 날도 오겠지? 여든까지 살아야 그런 날이 오려나? 에고, 아직 멀었구나.

어느 만다라

어느 어머니의 머리에 얹힌 생의 무게,
찬란하다.
그리하여 생의 만다라 하나,
다시 그려진다.

아래로 내려가라,
땅을 만나면
뿌리를 내려라

'행복의 섬'이라고 미디어에서 '판매용 태그'를 붙인 남태평양의 섬나라 바누아투에서 나는 문득문득 슬퍼졌다. 방송팀이 찾아오면 입고 있던 낡고 찌든 반바지와 티셔츠를 벗고, 창고에 보관했던 풀잎 치마와 고추 가리개로 갈아입는 마을 사람들을 보는 일은 결코 행복하지 않았다. 방송팀이 출연료 명목으로 지불하는 몇백 달러는 그들이 아이들을 학교에 보내기 위해, 이미 화폐 경제 사회로 진입한 세상에서 생필품을 사기 위해, 그리고 잘사는 나라에서 내다버린 중고 반바지와 티셔츠를 사기 위해서라도 꼭 필요한 돈이었다.

부끄러운 고백을 하자. 몇 번의 텔레비전 여행 프로그램에서 나는 여러 번 거짓말을 했다.

"낯선 이방인을 환영하는 원주민들의 축제가 벌어집니다!"

알 사람들은 이미 다 알겠지만, 방송팀이 들어갈 수 있는 정도라면 그 '오지'의 사람들도 다 티셔츠와 반바지를 입는다. 아마존 밀림 속에 아주

극소수 남아 있다는, 브라질 정부에서 그들과의 접촉을 아예 원천봉쇄했다는 몇몇 부족 또는 씨족들을 제외하면, 이 지구에 순수한 원시 종족 따위는 남아 있지 않다. 미디어는 광고를 팔아먹기 위해 순수니 원시니 하는 거짓말을 되풀이할 뿐이다. 그리고 나도 그런 거짓말에 동참했다. 먹고살기 위해서, 라는 핑계를 대면서.

그날도 그랬다. 방송팀이 현지 가이드를 따라 마을로 들어서자 촬영용 축제가 준비되었다. 티셔츠를 입고 있던 아주머니들과 할머니들도 풀잎 치마로 갈아입었다. 젖가슴을 드러낸 채로.

세상에 어머니의 젖을 빨지 않고 생존한 이가 어디 있는가? 그런데 왜 모든 문명에서 어머니의 젖가슴이 밖으로 내보이면 안 되는 위험한 물체가 되었는가? 어머니의 젖을 빨던 시절은 깡그리 기억에서 지워버리고 오로지 성적 도구로서의 젊은 젖가슴만을 욕망하는, 그것도 독점하려는 사내들의 탐욕이 그리 만든 것이 아닌가? 문명과 접촉한 사회에선 그곳이 어디든 젖가슴을 가린다. 카메라를 위해 잠시 티셔츠를 벗을 뿐이다.

손주들의 손을 잡고, '노동의 현장'으로 걸어오는 할머니의 젖가슴을 보았을 때, 나는 내 엄마, 늙고 병들어 아들의 손으로 몸을 씻어야 했던 엄마의 젖가슴을 기억했다. 기억할 수밖에 없었다. 아직 엄마 따라 여탕에 들어갈 수 있었던 다섯 살 때 이후론 한 번도 볼 수 없었기에, 기억에서 지워졌기에 내가 기억하는 엄마의 젖가슴은 오로지 저 할머니의 젖가슴처럼 지구의 중력에 순응해 땅으로 향한, 거친 생계에 마모되어 주름진 젖가슴이었다.

몇 명의 자식들이 저 할머니의 젖을 먹고 살아남았을까? 할머니의 손주들은 엄마가 들에 나가 일할 때는 할머니의 젖을 만지며 허기를 달랬을 것이다. 할머니 여신의 위대한 젖가슴. 아름답다는 상투적인 말로 할머니의 젖가슴을 모욕하지 않으련다. 할머니의 젖가슴은 무리를 이끌고 건기의 메마른 사바나에서 샘을 찾아가는 할머니 코끼리처럼, 끝없이 가지에서 뿌리를 내려 거대한 나무를 이루어가는 저 반얀나무처럼, 장엄했다.

지구상에서 가장 큰 나무는 반얀나무다. 가지가 땅에 내려와 다시 뿌리가 되어 삶의 터전을 넓혀가며 성장하기에 나이든 반얀나무의 크기는 상상을 초월한다. 인도의 아샘 지방에선 반얀나무의 땅으로 내려오는 가지를 조심스레 이끌어 급류에 다리를 만들기도 한다. 물론 한 인간의 세대가 아니라 몇 대에 걸쳐 이루어지는 작업이고, 후손들은 여전히 살아

있는 나무로 만든 다리 덕에 지구상에서 가장 많은 비가 내리는 아샘에서 급류를 안전하게 건넌다.

할머니의 젖가슴을 보았을 때, 나는 젖가슴이 두 개도 아니고 주렁주렁 포도송이처럼 달린 어느 고대의 여신 조각상을 기억했다. 그토록 풍요로운 여신의 젖가슴. 세상을 먹여살리는 젖가슴. 땅으로 내려온 가는 가지가 뿌리가 되어 다시 크고 강한 둥치로 성장하는 반얀나무는 할머니의 늘어진 젖가슴이 거대하게 확대된 모습 같았다. 아래로 내려가라. 땅을 만나면 뿌리를 내려라. 그 뿌리에서 빨아들인 양분으로 가지를 새로운 몸통으로 키우고, 그 몸통에서 다시 새롭게 아래로 내려가는 가지를 만들어라. 아, 현기증 나도록 장엄한 반얀나무, 그리고 할머니의 젖가슴.

내 엄마의 젖가슴이 그러했듯이 바누아투 할머니의 젖가슴 또한 삶의 무게로 처지고 주저앉았다. 그러나 그 대가로 내 엄마와 바누아투 할머니의 삶의 영토는 확장되었다. 자식들이 태어나고 손주들이 태어나고, 이제 다음 세대가 또 다음 세대의 뿌리를 내리기 위해 가지를 땅으로 내리리라.

할머니의 젖가슴에 연민을 느끼는가? 그럴 필요 없다. 할머니와 할머니의 조상 할머니들은 수천 년 동안 아무 거리낌 없이 젖가슴을 당당하게 내세우며 살아왔을 것이다. 새끼에게 젖 먹이는 어느 동물 어미가 젖가슴을 부끄러워하는가? 알량한 출연료에 티셔츠를 벗었다고 동정할 필요도 없다. 할머니는 그 노동에 동참할 수 있음에 기뻤을 것이다. 손주들의 입에 들어갈 쌀과 손주들을 입힐 구제품 옷을 살 돈을 번 것에 자랑스러웠을 것이다.

오래 물가에서 나이 먹은

오래 물가에서 나이 먹은 나무는
가지를 옆으로 뻗을 줄을 안다.
지상에서 가장 성스러운 의식,
식구들의 빨래,
그 제사를 위해
나이 먹은 어머니가
얼마나 오래 허리 굽혀 살아온지를 안다.
굽은 허리, 가는 팔 힘들지 않게
빨래를 얹을 수 있도록
오래 물가에서 나이 먹은 나무는
가지를 낮게 드리울 줄을 안다.

신들의 정원,
사람의 마을

두와코트. 낡은 버스가 하루에 두 번 들어오는 작은 산골 마을. 고마운 인연 덕에 그 마을에서 잠시 머물 수 있었다. 내가 그 마을에 들어온 첫 외국인이었단다. 말이 거의 통하지 않았음에도 마을 사람들은 마주칠 때마다 내게 바나나와 오렌지와 차를 건넸다. 추수하던 농부들은 내게 그들의 새참을 권하기도 했다. 모든 여행자들이 꿈꾸는 행운! '관광'에 오염되지 않은 웃음을 그이들은 내게 선물해 주었다.

마을 사람들의 사진을 인화해 보내준 것이 내가 할 수 있었던 답례의 전부였다. 카트만두와 포카라, 여행자들이 넘치는 도시에서, 그리고 안나푸르나와 랑탕, 트래커들이 넘치는 산행길에서 어쩔 수 없이 만나야 했던 그 닳고 닳은 네팔리들이 내게 남긴 상처를 나는 두와코트에서 흉터 남기지 않고 치유할 수 있었다.

두와코트 마을의 기억 덕분에 행복했던 네 번째 네팔행을 마치고 집에 돌아와 몇 달 후, 참혹한 대지진이 네팔을 덮쳤다는 소식이 들려왔다. 네팔에서 찍어온 두와코트 마을 사람들의 사진들을 보며, 그 착하디착한 사람들을 기억하며 나는 신들을 원망했다. '그 많은 신들은 다 어디로 갔는가?'라고 하던 어느 신문의 한탄을 혼자 되풀이 중얼거렸다.

헤아릴 수 없이 많은 신들이 거한다는 땅, 그 신들을 믿는 사람들이 사는 땅, 봉우리마다 신 또는 여신의 이름이 붙어 있고, 발길 닿는 곳마다 신에게 공양을 바치는 사람들을 볼 수 있는 땅에서 그 참혹한 비극이 터졌을 때, 신들은 그저 침묵하고 있었다.

누가 네팔을 일컬어 '신들의 정원'이라고 했는가? 신은 언제나 높은 곳에 거하는 법이니 히말라야가 자리 잡은 네팔이야말로 신들의 땅이라 불릴 만하다. 장엄한 설산, 눈부신 계곡, 네팔의 자연은 사람을 홀린다. 네팔을 못

가본 사람은 많아도, 네팔을 한 번만 가는 사람이 많지 않은 이유다.

하지만, 네팔은 샹그릴라가 아니다. 몇백만 원짜리 아웃도어 용품으로 온몸을 감싸고 하루에 10달러 남짓, 정말 가벼운 돈으로 포터에게 무거운 짐을 맡기고 풍경을 즐기며 걸을 수 있는 사람들에게야 샹그릴라도 되고 파라다이스도 될 수 있을 테지만, 하루 10달러를 벌기 위해서 그 가파른 산길을 20킬로그램 짐을 지고 올라야 하는 사람들에겐 그저 또 다른 '일터'일 뿐이다. 그 10달러조차 누구나 벌 수 있는 돈이 아니니 심지어 대학원을 졸업한 사람도 그 일을 원한다는 이야기를 들었다.

네팔은 신들의 정원이기도 하지만, 또한 '사람의 마을'이기도 하다. 말을 바꾸어야 할까? 네팔에는 사람의 마을들이 있다. 아직 손으로 농사를 짓는 사람들, 난방도 되지 않는 허술한 흙집의 방 한 칸에서 온 식구가 먹고 자는 사람들, 식구들의 입에 먹을 것을 넣어주기 위해 하루 종일 일하는 사람들, 그런 사람들이 사는 마을들이 있다.

삶이 고달플수록 사람들은 신을 찾게 마련이다. 아니, 사실은 삶이 고달플 때라야 신을 찾는다는 편이 옳을 것이다. 아프고 배고프고 슬플 때라야 사람들은 신을 찾는다. 네팔에 그리도 많은 신들이 있는 건 사람들의 삶이 고달프기 때문일 거라고, 나는 믿는다.

어쩌다 보니 또 고마운 인연 덕에 얼마 전 세 번째 사진전을 열게 되었다. 네팔 사진들로 전시를 계획하며 나는 '신들의 정원, 사람의 마을'이라는 제목을 붙였다. 네팔에는 히말라야가 있고, 히말라야 기슭에는 사람들이 살고 있다는, 그 지극히 당연한 이야기를 다시 하고 싶었다. 대지진이 일어나기 전, 고달프고 힘겹긴 해도 그래도 환히 웃던 사람들의 모습을 세상에 보여주고 싶었다. 그이들을 기억해 달라고, 참사 후 1년이 지났지만 아직도 고통에서 벗어나지 못한 그이들을 위한 기도 한 줌이라도 보태달라고 부탁하고 싶었다. 여기서 다시 그이들의 얼굴, 꽃처럼 아름다운 얼굴을 당신에게 보여주게 된 까닭도 그러하다.

사진처럼 강력하게 기억을 되살리는 매체가 또 어디에 있을까? 그리고 기억은 언제나 그러했듯이 우리의 힘이다. 불행과 불의에 맞서 싸우는 무기다. 이 사진들은 네팔의 사람들에게 바치는 내 나름의 기도다. 그리고 나는 믿는다. 많은 사람들이 이 기도에 동참해 주실 것을. 그 기도의 힘으로 다시 네팔이, 두와코트 마을이 신들의 정원이요 사람의 마을로 다시 세워질 것을.

아직도 네팔의 대지진은 현재 진행형이다. 가난한 사람들의 무너진 집들은 여전히 복구되지 않았고, 많은 사람들이 여전히 텐트촌에 머물고 있단다. 하지만 우리가 그 소식을 들을 기회는 별로 없다. 테러와 핵실험과 경제 위기와 날마다 터지는 잔인한 사건과 진흙탕 정치 뉴스에 정신이 없어 네팔 대지진을 기억할 시간도 에너지도 없다. 네팔에선 국내 정치적(그놈의 썩을 정치다!) 이유로 쏟아져 들어온 국제 구호 기금조차 제대로 전달이 되지 않았단다. 봄에 풀리기는 했지만, 지난겨울부터 봄까지 국제 정치적!(잔인하여라!) 이유로 인도-네팔 국경이 봉쇄되어 석유와 가스와 의약품, 생필품조차 제대로 들어오지 못했단다. 신들은 냉정하고, 돈과 권력을 가진 자들은 잔인하다.

신들이 냉정하고 인간들이 잔인할 땐 어떻게 해야 할까? 뭐 예로부터, 어디를 막론하고 답은 단순하다. 없는 사람들끼리 돕고 살기. 너희 중에 가장 낮은 자에게 베푼 것이 곧 내게 베푼 것이다, 라는 어느 신의 말을 기억한다. 나는 그리스도교인이 아니지만, 그 대목에선 예수를 믿는다. 우리 안에 이타적 유전자라는 희한한 생물학적 본능이 있음을 믿는다. 우리가 곧 신들의 정원이요 사람의 마을임을 또한 믿는다. 세상의 모든 정원은 결국 다 사람의 마을 안에 있는 법이니.

살아라,
살아서 흔들려라

겨울에 눈이 내리고 봄에 눈이 녹을 뿐, 비는 내리지 않는다는 땅, 라다크에 비가 내렸다. 비가 내리기 전 거센 바람이 불었다. 눈 녹은 물이 흐르는 강물을 끌어다 금보다 귀하고 옥보다 귀하게 키운 나무들이 그 바람에 흔들렸다.

룽타, 풍마風馬. 바람의 말. 티베트 불교의 불자들이 집집마다, 마을 어귀마다, 고갯마루마다, 봉우리마다 매다는 깃발의 이름이다. 빨강, 파랑, 노랑, 초록, 하양. 다섯 가지 색깔의 천에 찍힌 바람의 말은 생의 에너지, 생의 기운을 세상으로 전한다. 바람이 룽타에 적힌 부처의 가르침을 세상으로 전한다.

바람에 흔들리는 나무들이 초록색 룽타를 닮았다고 느낀 건 과도한 감정이입이었을까? 처음 찾아간 사람을 반죽음 상태로 몰아 넣은 고산증

증세 탓이었을까? 히말라야를 넘으며 습기를 모두 잃어버린 공기가 내 입술을 갈라터지게 만든 걸로 모자라 머리도 이상하게 헝클어놓았던 것일까? 수목 한계선을 넘은 그 척박한 환경에서 경이롭게도 나무를 심어 키우는 라다크 사람들에게 충격에 가까운 감동을 받은 탓일까? 아무래도 상관없다. 그저 흔들리는 나무들이 하는 말이 내 귀에 들렸다.

"살아라, 살아서 흔들려라."

초록색 룽타(風馬), 나무. 초록색 바람의 말(馬)이 전하는 말(言).

부처의 말씀, 우주의 명령을 나무들이 바람에 실어 보냈다. 살아있는 것은 흔들린다. 흔들려야 부러지지 않는다. 흔들려야 뿌리 뽑히지 않는다. 그러니 살아라, 살아서 흔들려라. 그러니 살아라, 흔들리면서 살아라.

나무 없던 땅에 나무를 심어 무채색 고산 지대를 초록색으로 바꾸며 사는 라다크 사람들이 이제 여름 홍수로 집을 잃고 목숨을 잃는다. 온난화의 재앙은 언제나 가혹한 환경의 사람들에게, 생명들에게 먼저 닥친다. 지구를 덥힌 자들은 저 산 아래의 평지에서 에어컨을 켠다. 에어컨 실외기의 뜨거운 바람이 지구를 돌아 히말라야를 넘어 라다크에 불어닥친다. 생명의 기운, 생명의 바람이 아니라 죽음의 바람이다.

라다크의 나무들이여, 아직 살아있는가? 아직 살아서 흔들리고 있는가? 흔들리는 그 사람들의 삶, 아직 지켜주고 있는가? 초록색 바람의 말로 아직 달리고 있는가?

내 안으로 들어왔던 그 생명의 바람이여, 아직 기운차게 불고 있는가? 시도 없이 때도 없이 불안으로 흔들리고, 분노로 흔들리고, 서러움에 흔들리되, 그래도 어쩌다 한 번씩은 기쁨으로 흔들리고 있는가? 나, 살아서 흔들리고 있는가?

황량한 땅에 나무를 심어 자식처럼 귀하게 키우는 그 사람들을 조금이라도 닮으려 애쓰며 살고 있는가? 그 바람의 말, 초록색 룽타 나무들처럼 살고 있는가?

잘 자요,
꽃들이 그대의 잠을
지켜줄 거예요

산 자들의 마을과 죽은 자들의 마을, 그 두 마을 사이의 거리는 어느 만큼이 좋을까? 유해를 불에 태워 허공에 죽은 자들의 마을을 만드는 이들도 있고, 새들에게 맡겨 죽은 자의 육신을 하늘로 올리는 이들도 있고, 엄마의 젖무덤을 닮은 봉분을 만들어 죽은 자를 다시 태아의 형태로 되돌리는 이들도 있다. 그리고 죽은 자의 집을 온통 꽃으로 뒤덮어 정원으로 만드는 이들도 있다.

죽음을 두려워하지 않는 인간은 지상 어디에도 없다. 죽음의 두려움을 이기려는 인간의 안간힘이 어쩌면 무덤일 것이고 묘지일 것이다. 떠나보냈으되 아주 잊지는 않으려는 안간힘. 내가 죽은 이를 위해 무덤을 만들고 그 무덤을 찾듯이 누군가 다른 사람이 언젠가 죽을 나를 위해 무덤을 만들어주고 찾아주기를 바라는, 기억에 남겨지기를 바라는 애절한 바람.

왜인지는 잘 모르겠다. 남들도 그런지 역시 잘 모르겠다. 이상하게 무덤에 가면, 묘지에 가면 마음이 편해지곤 했다. 무덤들이 양지바른 곳에 만들어진 탓인가? 쓸쓸함, 애잔함, 서글픔, 이런 감정들이 편안함과 함께 공존했다. 특히나 유럽의 묘지들은 편안한데다가 아름답기까지 했다. 이름난 건축물이나 명승지보다 평범한 마을의 묘지가 더 내 발길을 끌었다. 어쩌다 보니 나는 무덤의 순례자가 되었다.

유럽의 도시들과 시골들을 다니며 유럽인들이 죽은 자들의 마을을 만드는 방식이 부러웠다. 산 자들의 마을과 분리되지 않은 죽은 자들의 마을에 핀 꽃들이 부러웠다. 그 부러운 마음을 고스란히 담고 돌아와 어느 해 어버이날, 동생들과 조카들과 함께 엄마 아버지의 무덤가에 꽃을 심었다. 울타리처럼 심은 영산홍은 잘 살아남았다. 그러나 패랭이, 매발톱꽃들은 다시 피지 못했다. 엄마 아버지의 집은 살아있는 나와 동생들의 집에서 너무 멀었기에 매일 물을 줄 수 없었다. 산 자들의 정원에서 자라라고 개량된 꽃들은 다시 야생화로 돌아갈 수 없었다. 죽은 자와 산 자 사이의 마을 사이에 먼 거리를 지키는 우리의 문화에서는 유럽식의 정원형 묘지가 만들어질 수 없었다.

누구나 장례를 치르면서도, 자신도 언젠가는 장례를 치르고 땅에 묻힐 것을 알면서도 우리나라 사람들은 자기 사는 구역에는 그것이 장례식장이든 화장장이든 납골당이든 우선 무조건 반대하고 나선다. 육신을 그대로 매장했던 시대라면 위생상의 문제로 이해할 수 있는 정서다. 그러나 화장이 보편화된 지금도 죽음과 관련된 모든 것을 거부하는 태도는 어떤 다른 두려움과 연관이 있다고 봐야 한다. 집값 떨어지는 것이 죽음만큼 무서운 지상 최악의 공포가 된 시대 탓인 것은 아닐까?

묘지가 공포의 대상이 된 건 어쩌면 우리의 무채색 장례 문화 탓일 수

도 있다. 내가 어쩌다 참여한 유럽의 장례식에선 망자에게도 붉은 장미를 바쳤다. 무덤은 온갖 색깔의 화사한 꽃으로 장식되었다. 묘비조차도 아주 다양한 형태와 내용을 담고 있었다. 여름이면 녹색, 그 외의 철에는 갈색, 단 두 가지 색깔만 존재하는 한국인의 무덤.

어쩌면 그렇게 사는 모습과 죽은 뒤의 모습이 닮을 수 있을까? 어디에 가나 똑같은 형태의 아파트에 살고 똑같은 형태의 무덤에 묻히는 우리. 그 모노톤의 삶과 죽음이 나는 싫다, 무섭다. 그나마 세상이 변하고 있어 다행이다. 수목장이 생기고, 비록 대부분 조화일망정 색깔 있는 꽃들이 꽂히는 무덤들도 자주 볼 수 있어 반갑다. 언젠가는 우리도 사는 집에서 걸어서 갈 수 있는 거리에 무덤이 허용될까? 아마 힘들 것이다.

뇌혈관에 생긴 병으로 아주 약하게나마 죽음으로 가는 과정을 살짝 경험한 뒤, 어쩔 수 없이 내 훗날의 죽음과 그 뒤의 일을 생각할 수밖에 없

Gerhard Härter
Klaus

었다. 응급실에 달려온 동생에게 손짓으로 절대 산소 마스크는 씌우지 말라고, 내 목에 구멍을 뚫지 말라고 부탁했던 시간을 기억한다. 고통 없이, 의미 있는 삶을 지속할 수 있다면 당연히 의학의 도움을 받아야 한다. 그러나 식물 인간으로 병상에 누워 몇 달, 몇 년을 산다는 게 과연 정말로 살아있는 삶일까? 그건 삶의 연장이 아니라, 죽음의 연장 아닐까?

인간은 품위 있게 죽어야 한다. 아무리 가족이라도 타인의 삶에 긴 죽음의 그림자를 드리우면서, 인간의 존엄성을 잃어버린 채로 고통의 시간을 연장하는 것은 무의미한 폭력일 뿐이다. 존엄사는 허용되어야 한다. 한 생명이 죽어야 다음 생명이 살 공간과 에너지가 생겨나지 않는가? 내 장례식에도 붉고 파랗고 노란 꽃들이 놓이면 좋겠다. 내 무덤이 만들어진다면 해마다 예쁜 꽃을 피우는 식물이 심어졌으면 좋겠다. 산 자들이 내 죽은 뒤의 작은 집을 찾아왔을 때 잠시 따뜻하고 편안하게 쉬었다 갈 수 있도록……

유럽을 돌아다니면서 만난 아름다운 죽음의 작은 집들을 당신에게 보여주고 싶다. 죽음은 끝이 아니라 시작이라는, 그 오래되었으나 여전히 유효한 진실을 보여주는 무덤들. 매일 물 주러 올 수 없으니 내가 죽은 다음 그런 호사를 누릴 가능성은 거의 제로에 가까울 것이다. 그저 1년에 한 번이라도 내 무덤에 나를 기억하는 이들이 꽃을 심어주었으면. 여러 꽃 중에 하나라도 살아남아 내 곁을 지켜준다면. 간절히 바란다. 부질없는 욕심인 거 잘 안다. 죽고 나면 끝이라는 것도 잘 안다. 그래도 그런 소망을 품는다.

영혼이 정말 있는지 어쩐지 나는 모른다. 죽음 뒤에 내게 어떤 일이 벌어질지 나는 모르고, 사실 관심도 없다. 그저 나는 살아있던 시절의 나를 기억하는 이들이 남아 있는 한은 기억에서 지워지지 않고 싶을 뿐이다.

그것이 집착이라 해도 상관없다. 다만 내 무덤에 꽃을 심으며 단 몇 시간만이라도 기쁨의 정원이 또 하나 만들어진다면 그건 아름다운 일 아닌가? 그 꽃들에 비가 내려주면 꽃들은 또 얼마나 기뻐할 것인가?

먼 훗날의 일일지, 아니면 가까운 어느 날의 일일지 누가 알랴? 내 유한한 삶이 끝날 때 내 마지막 소망을 여기 남긴다. 이렇게 아름다운 기쁨의 정원이 내 영혼 떠난 육신 위에 만들어지기를 나는 소망한다. 간절히. 작게 묘비도 만들어 묘비명도 새겨주면 좋겠다. "내 기쁨의 정원으로 놀러 오시라." 내 삶이 기쁨의 정원이었음을 내 무덤이 사람들에게 말해주기를……

오래된 비석에는 돌꽃이 핀다. 때로 무덤의 후손들은 고향을 떠나 돌아오지 못한다. 물을 줄 후손이 없어지면, 꽃들도 다시 피지 못한다. 덩굴들이 무덤을 가려준다. 이제 잊혀져도 된다고 비석에게 나직이 말한다. 성급할 필요는 없지만, 그렇다고 연연할 필요도 없다고 다독여준다. 그런데, 아, 저 발칙한 고집이라니! 도대체 어느 해에, 어느 후손이 심어놓았기에 저 두 송이 튤립은 덩굴을 뚫고 다시 피어올랐을까? 무슨 사랑이 그리 깊었기에 시간의 억센 진격조차 막아내며 다시 꽃을 피웠을까?

저 하얀 꽃이 당신 눈에도 보이는가? 흐린 날 약한 빛에도 환하게 빛나는 하얀 꽃이. 먼저 떠난 야속한 남편의 무덤이리라. 허리 굽은 할머니는 여전히 그 야속한 남편을 위해 꽃에 물을 주러 언덕길을 올라온다. 할머니의 머리에도 온통 하얀 꽃이 피었다.

언젠가 할머니는 야속한 남편 곁에 누워 오랜 야속함을 마지막으로 한 번 더 눈물로 뿌릴 것이다. 나쁜 사람아, 내가 당신한테 물 주느라고 얼마나 힘들었는지 알아요? 야속한 남편은 곁에 누운 아내를 다독이며 위로할 것이다. 실컷 울어요, 이 아까운 사람아, 미안해요, 그 오랜 시간, 혼자 울게 해서. 이제 당신이 물 주지 않아도 우리 꽃들은 잘 버틸 거요. 애들도 당신이 여기 있으니 어쩌다 한 번쯤은 찾아올 테고. 그러니 이제 다 내려놓고 푹 쉬어요. 잘 자요, 꽃이불 덮고 잘 자요……

제대로 피어보지도 못하고 지는 꽃이 있다. 간신히 내민 떡잎도 다 못 연 채 뿌리 뽑힌 아주 작은 일생…… 신들은 아직도 순결한 어린 생명을 먹고산다. 그 잔인한 신들에 맞서 싸우는 건 부모된 자들의 의무다. 아이가 살았더라면 누렸을 참으로 많기도 많은 세상의 기쁨들을 아이의 무덤에 심는 것은 부모가 그 참혹한 운명의 신에게 겨누는 무기다. 아이를 망각의 신으로부터 지키는 방패다.

아빠와 함께 축구장에 갈 수도 있었을 아이, 펭귄과 함께 세상을 여행할 수도 있었을 아이, 백설 공주의 난장이들과 함께 정원을 가꿀 수도 있었을 아이…… 어린 무덤은 아프다. 그래도 아이는 더 이상 아프지 않을 것이다. 난장이들과 함께, 아기 토끼, 아기 코끼리, 아기 곰, 아기 펭귄과 함께 깔깔깔 웃으며 꽃밭에서 뛰놀 것이다. 어린 무덤은 따스하다.

네안데르탈 인의 무덤에서도 꽃의 화석이 발견되었단다. 짐승 털가죽으로 몸을 가리고 살던 인류의 방계 조상들조차 망자에게 꽃을 바쳤단다. 돌고래는 초음파 언어로 대화를 나눈다. 침팬지는 도구를 사용한다. 그러니 언어와 도구로는 인간을 규정할 수 없다. 인간을 다른 동물과 구분하는 가장 확실한 근거는 꽃을 바치는 행동일지도 모른다. 꽃으로 둥지를 꾸며 암컷을 유혹하는 새는 발견되었지만, 어느 동물도 다른 개체에게 꽃을 바치지 않는다. 그것도 죽은 개체에게.

장미 한 아름을 안고 무덤에 선 저 청동 여인상은 얼마나 긴 세월을 그 자리에 서 있었을까? 그 청동 여인 앞의 붉은 장미는 몇 계절을 피고 졌을까? 청동은 오래 부식되지 않을 것이다. 청동 장미도 아주 오랫동안 그대로 남을 것이다. 그리고 붉은 장미도 오래 피고 지고 또 필 것이다. 인간이 꽃을 바치는 동물로 남는 한, 언제나 거기 있을 것이다. 호모 플로룰렌투스homo florulentus, 꽃으로 뒤덮인 인간.

메멘토 모리. Memento mori. 죽음을 기억하라. 너 또한 필멸의 존재임을 잊지 말라. 죽은 이들의 무덤가에 핀 꽃들은 결국 모두가 메멘토 모리, 죽음의 선언이요 경고이기도 하다. 검은 비석에 비친 붉은 꽃의 그림자를 찍으려 했다. 내 얼굴이 그 비석에 비칠 줄을 알지 못했다. 집에 돌아와 사진을 확인해 보고야 내 얼굴이 비석에 찍힌 것을 알았다.

언젠가 내 육신도 땅으로 돌아갈 것이다. 내 육신의 그림자 하나는 이미 오래전에 비석 속에 자리 잡았다. 두려운가? 아니라면 거짓말이다. 부디 바라건대, 앞으로 사는 날 동안 그 두려움이 조금씩이라도 작아지기를. 내 무덤에 누군가 꽃 한 줌 뿌려주거나 한 송이 심어주기를. 그 꽃 덮고 누운 육신을 내려다보며 내 영혼이 이렇게 중얼거릴 수 있기를. 그래도 한 생애 잘살았구나. 이제 평안히 쉬어라, 내 육신아……

꽃이 더 쎄다구,
얼음보다

안나푸르나 베이스캠프의 새벽은 추웠다. 장갑을 두 켤레 끼고, 있는 옷을 모두 껴입었어도 추웠다. 해발 4,200미터 고지였으니 당연했다. 그 추운 고지에서 해도 뜨기 전에 헤드랜턴 불빛에 의지해 산길을 걸어 올라갔다. 하얗게 가쁜 숨을 내쉬며 안나푸르나의 해돋이를 보겠다고.

고생한 보람, 있었다. 충분히 있었다. 360도 전망으로 펼쳐진 눈 덮인 안나푸르나 설봉들, 그 위에 황금색으로 번지는 첫 아침의 빛. 장엄했다. 아름다웠다. 그 고생 고생 하며 거의 야간 산행을 한 보람이 있었다. 그리고 아쉬워라. 그 장엄한 아름다움의 시간은 짧았다. 해는 떠오르자마자 곧 강렬해졌다. 황금빛으로 빛나던 설봉도 곧 평이한 백색으로 변했다. 이제 롯지로 내려가 뜨거운 커피나 차로 몸을 녹여야 할 시간이었다.

헤드랜턴에 의지해 올라온 길이었으니 눈에 뵈는 게 있을 리가 없었다. 똑같은 길을 내려가고 있는데 여기저기서 눈을 아프게 찌르는 작은 반짝

임이 있었다. 그 강렬한 4,200고지의 햇살 속에서도 빛나는 그 무엇이. 헉. 얼었던 눈이 녹고 있었다. 그리고 얼음에 갇혀 있던 앵초들이 사방에서 솟아나오고 있었다. 점심 시간 운동장으로 쏟아져 나오는 초딩들처럼.

세상에! 겨울용 등산복으로 꽁꽁 싸매고도 그리 추운 새벽이었는데. 아직도 몸이 떨리는데, 저 꼬맹이들이 어떻게 얼음 속에서 견뎠는가? 덮고 있던 얼음 이불이 녹는다고 저리 아우성치며 튀어나오는가?

높은 산의 꽃들이 짙은 색인 이유가 있다더니, 더 빨리 빛을 흡수해 자기 몸의 온도를 높이고, 그 열로 자기 주변의 서리와 얼음을 녹이기 위해서 자주색, 보라색으로 짙은 꽃을 피운다더니…… 그 작은 앵초들이 나를 전율케 했다. 책으로 읽었던 그 작은 고산 식물들의 맹렬함, 강인함을 내 눈으로 확인하는 순간이었다. 작은 앵초야, 너 정말 뜨거운 녀석이었구나. 히말라야의 눈, 서리, 얼음 따위에 지지 않는 센 녀석이었구나. 너한테 비하면 난 정말 너무 초라하고 작은 인간이었구나……

에필로그

다시 화양연화의 시절

옥상 정원에 새 식구들이 왔다. 진홍색, 분홍색, 보라색 과꽃들. 천일홍, 그리고 이름을 들었으나 당연히(?!) 까먹은 노랑이, 흰둥이, 보라둥이.

꽃시장에서 온갖 꽃들이 저마다 "날 데려가요, 날 데려가요" 아우성치며 입양을 기다리는 4월, 5월 내내, 봄이 다 가도록 찾아가지 않았다. 허벅지를 찌르며 참아야 하느니라를 외쳤다. 올해는 여름에 또 긴 여행을 떠나야 하니까. 또 무책임하게 떠날 거면서 생명들을 집에 들이는 못된 짓은 이미 많이 했으니까. 집을 맡길 사람에게 스트레스를 조금이라도 덜 줘야 하니까. 책 작업에 전념하자는 이유도 있었다. 한번 꽃시장에 가기 시작하면 매일은 아니더라도 허구한 날 들락거리며 이 꽃 저 꽃 사다 나를 게 뻔했다. 꽃 중독 걸리면 심란해진다.

풀리지 않는 원고에 머리가 멍하던 날, 예고도 없이 멀리 남녘 도시에서 아우가 올라왔다. "행님, 뭐 필요하신 거 없다요? 나, 오늘 공돈 벌었응

게 팍팍 쏠라요. 말씀만 하시랑게!" 집엔 필요한 거 없다. 그냥 밥 사라. 술도 사라. 천릿길 올라온 아우에게 바가지 씌우는 전직 동네 형님이라니. 밥 먹으러 나가는 김에 꽃시장 들르자. 모종 몇 개만 사줘라.

허벅지 찌르며 잘 참다가 갑자기 꽃시장 갈 생각이 들었던 이유는 뭘까? 떡 본 김에 제사 지내는 마음도 아닌데 갑자기 옥상 텃밭 빈 자리가 허전하게 느껴졌던 이유는 뭘까? 손님이 오면 내 아름다운 옥상 정원을 자랑하는 재미가 쏠쏠한데, 올 봄 내내 거의 그 자랑질을 못하고 살았다. 독감 한 달, 후유증으로 두통으로까지 진행된 악성 비염, 거기다 5년 만에 다시 잡은 펜(사실은 컴퓨터 키보드지만)까지 봄이 좀 또는 많이 고달픈 계절로 전락했다. 그 사이 날씨는 순식간에 여름으로 둔갑해 있었다. 아, 이런, 이렇게 봄이 가버렸구나. 옥상에 꽃도 못 심고 봄이 갔구나.

억울했던 모양이다. 여름에 여행 떠난다는 이유로, 책 작업에 몰두한다는 이유로, 퇴비 섞어 흙 골라놓고도 아무것도 안 심은 채 휑하니 비워놓은 옥상 텃밭이 꼭 내 마음처럼 삭막해서 억울했다. 아우가 공돈 벌었으니 쏘겠다는데 그래 이 억울함이나 풀어보자, 그런 마음이 들었던가 보다. 이렇게 봄을 보낼 수는 없지!

아우와 함께 찾아온 조카까지 셋이서 종로6가 꽃시장으로 갔다. 이미 대목은 지나간 꽃시장이라 한산했지만, 언제나 그러했듯이 꽃시장에 간 내 마음은 뛰었다. 익히 보던 아이들, 처음 보는 아이들, 비싼 아이들, 싼 아이들, 다 데려오고 싶었다. 아, 아무리 세월이 흘러도 버리지 못하는 이 집착이여. 이 욕심이여. 참아라, 참아야 하느니라, 넓지도 않은 옥상에 너무 많은 식구 들이는 것도 죄다. 아우야, 돈을 너무 많이 쓰게 했네. 미안해서 어쩌냐? "아따, 행님. 오늘 번 공돈에 10분의 1도 안 되어라. 또 뭐 사고 싶소?" 분홍달맞이, 노랑달맞이도 살까? 산호수도 살까? 으하하하, 물 들어올 때 노 저어라! 봄비 내릴 때 꽃 심어라!

썰렁하던 옥상 텃밭이 화사해졌다. 그리하여 또 한 철, 화양연화의 시절이 왔다. 긴 여행 다녀올 동안 집에 머물 사람이 물 주는 걸 잊어버려 저 친구들이 목마르면 어떡하나, 뽑아도 뽑아도 솟아나오는 나팔꽃 떡잎 제때 뽑아내지 않으면 여름부터 나팔꽃 덩굴에 시달릴 텐데 그건 또 어떡하나, 그런 걱정은 잠시 접어두자. 내일 지구가 멸망해도 사과나무 심겠다던 바보 같은 사람도 있지 않았던가. 여행 갈 때까지 두 달이나 남았잖은가.

어느 해, 삶이 참 고달팠던 어느 봄날, 개양귀비며 무스카리며 사랑초며 꽃모종을 선물했던 어느 누이동생이 했던 말이 생각난다. "오빠, 당장

내일 세상 떠난다고 오늘 꽃 못 심을 이유가 뭐야? 내일은 내일이고 오늘은 오늘이잖아. 오빠, 힘들수록 더 꽃을 심어야지. 그래야 살 힘이 조금이라도 나오지." 그 단순한 생의 진리를 또 잊고 살았다. 꽃을 심으면, 생명을 기르면 없던 힘도 생겨나온다는 그 위대한 생의 진리를.

화양연화, 花樣年華. 인생에서 가장 아름답고 행복한 순간. 화양연화의 시절이 없었던 인생이 어디 있을까. 그 빛나던 청춘의 시절, 그 화려하던 날들을 기억하며 쓸쓸해하지 않는 인생은 또 어디 있으랴. 봄여름가을겨울, 다시 봄. 겨울이 있기에 봄이 반갑고 아름다워진다는 하나마나한 이야기를 또 할 필요가 있을까? 있다. 내 인생을 걸고 단언하건대, 그럴 필요는 충분하고 넘친다.

인생의 기본이 고달픔이 아니었다면, 아픔과 서글픔, 배고픔, 그런 픔자 돌림이 아니었다면, 화양연화의 한 시절이 그토록 선명하게, 그토록 화사하게 기억에 남겨질 수 있었겠는가? 그러니 꽃 피는 시절에 감사하는 거야 당연한 일이지만, 삭막한 시절에도 감사할 일이다.

희노애락. 기쁠 희喜 성낼 노怒 슬플 애哀 즐길 락樂. 인생의 키워드 넷. 항상 궁금했다. 왜 희와 락은 구분되어야 할까? 기쁠 희와 즐길 락은 그 말이 그 말인 것 같은데 옛사람들이 굳이 둘로 나눈 이유는 뭘까? 여기저기 물어봐도 똑 부러지는 답은 아직까지 없다. 혼자 상상한다. 인생은 기쁨에서 즐거움으로 돌아가는 순환이어서 그럴 거라고. 기쁨과 함께 태어나 분노하다가 슬퍼하다가 결국은 다 함께 즐거움을 누리는 삶이라면, 그것이 온전하고 온당한 삶이기에, 그런 삶을 소망하기에 그런 사자성어를 만들었을 것이라고. '락樂' 자를 가만히 뜯어본다. 아기가 갓 태어날 때의 모양을 본떠 만들었다는 '작을 요幺'가 좌우에 두 개, 그 사이에 '흰 백白', 그리고 그 아래에 '나무 목木.' 사전의 설명에 따르자면 '락樂'은 악기를 뜻하다가 즐긴다는 뜻으로 이어졌단다. 아하, 즐겁기 위해선 나무가 기본이구나. 내가 나무를 죽자고 찾아다닌 이유가 있었구나. 기쁨은 원래 식물성이었어! 으하하하, 갖다 붙이기 명수 조병준! 희의 정원이든, 락의 정원이든 이 책이 그런 착한 순환의 또 한 시절을 만들어주면 좋겠다. 참 좋겠다. 다시 분노하고 슬퍼하겠지만, 지금 이 시절만큼은 기쁨의 시절로 만들어주면 좋겠다, 정말 좋겠다.

꽃 몇 송이 심었다고 또 순식간에 옥상에 화양연화의 시절이 찾아왔다. 놀라워라, 꽃의 힘이여. 다시 시작된 내 기쁨의 정원이여.

아우야, 고맙다. 네 고향의 그 동네, 화양 생각이 난다. "여그가 장만옥허고 양조위가 처음 사랑에 빠졌던 그 동네여, 그래서 그 영화 제목이 화양연화여", 하던 누군가의 아재 개그도 생각난다. 이 신세를 어찌 갚누? 쟤들 잘 키울 테니까 어느 좋은 날 또 오너라. 꽃 옆에서 술 한 잔, 인생 한 잔, 부딪쳐보자. 좋은 친구들도 불러 같이 놀아보자.

당신도 내 기쁨의 정원에 초대하면 놀러 오시려는가? 그냥 빈손으로 오셔도 되지만, 꽃모종 하나 사들고 와주시면 내 기쁨의 정원이 더 기쁜 정원으로 변신할 것이다. 어서 오시라! 그리고 집에 돌아가실 땐 내 정원에서 슬쩍 훔쳐가셔도 된다. 당신 몫의 기쁨의 정원을 위한 씨앗 한 움큼.

샨티 회원제도 안내

샨티는 사람과 사람, 사람과 자연, 사람과 신과의 관계 회복에 보탬이 되는 책을 내고자 합니다. 만드는 사람과 읽는 사람이 직접 만나고 소통하고 나누기 위해 회원제도를 두었습니다. 책의 내용이 글자에서 머무는 것이 아니라 우리의 삶으로 젖어들 수 있도록 함께 고민하고 실험하고자 합니다. 여러분들이 나누어주시는 선한 에너지를 바탕으로 몸과 마음과 영혼에 밥이 되는 책을 만들고, 즐거움과 행복, 치유와 성장을 돕는 자리를 만들어 더 많은 사람들과 고루 나누겠습니다.

샨티의 회원이 되시면

샨티 회원에는 잎새·줄기·뿌리(개인/기업)회원이 있습니다. 잎새회원은 회비 10만 원으로 샨티의 책 10권을, 줄기회원은 회비 30만 원으로 33권을, 뿌리회원은 개인 100만 원, 기업/단체는 200만 원으로 100권을 받으실 수 있습니다. 그 외에도,

- 추가로 샨티의 책을 구입할 경우 20~30%의 할인 혜택을 드립니다.
- 신간 안내 및 각종 행사와 유익한 정보를 담은 〈샨티 소식〉을 보내드립니다.
- 샨티가 주최하거나 후원·협찬하는 행사에 초대하고 할인 혜택도 드립니다.
- 뿌리회원의 경우, 샨티의 모든 책에 개인 이름 또는 회사 로고가 들어갑니다.
- 모든 회원은 샨티의 친구 회사에서 프로그램 및 물건을 이용 또는 구입하실 때 할인 혜택을 받을 수 있습니다.
- 샨티의 책들 및 회원제도, 친구 회사에 대한 자세한 사항은 샨티 블로그 http://blog.naver.com/shantibooks를 참조하십시오.

샨티의 뿌리회원이 되어
'몸과 마음과 영혼의 평화를 위한 책'을 만들고 나누는 데
함께해 주신 분들께 깊이 감사드립니다.

뿌리회원(개인)

이슬, 이원태, 최은숙, 노을이, 김인식, 은비, 여랑, 윤석희, 하성주, 김명중, 산나무, 일부, 박은미, 정진용, 최미희, 최종규, 박태웅, 송숙희, 황안나, 최경실, 유재원, 홍윤경, 서화범, 이주영, 오수익, 문경보, 최종진, 여희숙, 조성환, 김영란, 풀꽃, 백수영, 황지숙, 박재신, 염진섭, 이현주, 이재길, 이춘복, 장완, 한명숙, 이세훈, 이종기, 현재연, 문소영, 유귀자, 윤홍용, 김종휘, 이성모, 보리, 문수경, 전장호, 이진, 최애영, 김진회, 백예인, 이강선, 박진규, 이욱현, 최훈동, 이상운, 이산옥, 김진선, 심재한, 안필현, 육성철, 신용우, 곽지희, 전수영, 기숙희, 김명철, 장미경, 정정희, 변승식, 주중식, 이삼기, 홍성관, 이동현, 김혜영, 김진이, 추경희, 물다운, 서곤, 강서진, 이조완, 조영희, 이다겸, 이미경, 김우, 조금자, 김승한, 주승동, 김옥남

뿌리회원(단체/기업)

주/김정문알로에 KIM JEONG MOON ALOE CO., LTD.
한경재단
design Vita
사단법인 한국가족상담협회·한국가족상담센터
생각과느낌 소아청소년 성인 몸 마음 클리닉
PN풍년
경일신경과 | 내과의원

회원이 아니더라도 이메일(shantibooks@naver.com)로 이름과 전화번호, 주소를 보내주시면 독자회원으로 등록되어 신간과 각종 행사 안내를 이메일로 받아보실 수 있습니다.

전화 : 02-3143-6360　팩스 : 02-338-6360
이메일 : shantibooks@naver.com